← 付録の鏡シート

この冒険に必要なアイテムだよ。
はさみで切り取って使ってね。

ぼくのおじいちゃん。

おじいちゃんの相棒、ネコのキティ。

ふしぎな鏡をさがせ

キム・チェリン　作
イ・ソヨン　　絵
カン・バンファ　訳

小学館

ぼくの名前は、ジン。この名前は、おじいちゃんがつけてくれたんだ。

　おじいちゃんはいま、病気にかかっている。記憶が少しずつうすれていって、もうほとんど何も覚えていない。そのせいか、人の顔も思い出せない。でも、ぼくだけは例外だ。

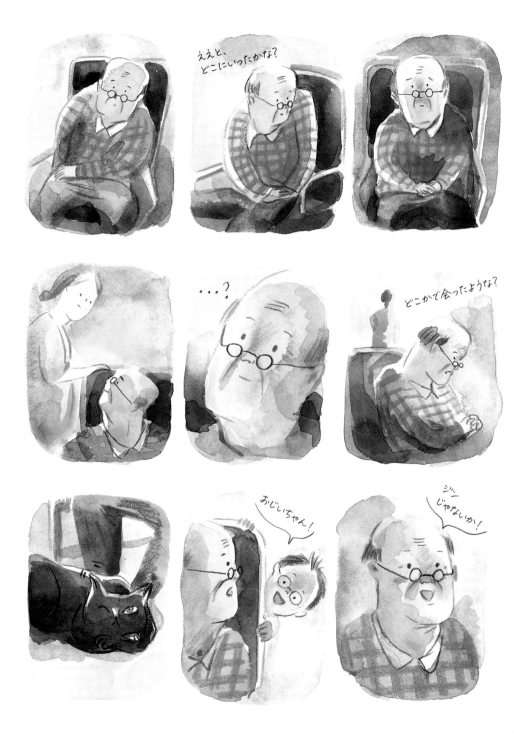

いつだったか、おじいちゃんがこっそり教えてくれた。おじいちゃんはイカイの魔法使いなんだと。イカイというのは、漢字で書くと「異界」。つまり、こことは異なる世界ってことだ。

おじいちゃんが言うには、ぼくたちがくらすこの世界とうりふたつの世界が、どこかにあるらしい。

おじいちゃんはずっと、
科学を研究してたのよ。

魔法使いじゃ
なくて？

そんなふうに言ってたの？
やれやれ、
いつもこうなんだから。
あのね、正解は、
変わり者の科学者。

変わり者の
科学者！

まるで鏡のように。

そして、おじいちゃんは鏡の向こうの世界から来たのだと。

おじいちゃん　わしはもともと、あっちの世界でくらしてたのさ。

ジン　　え？　どういうこと？

おじいちゃん　鏡の向こうの世界から、こっちの世界へやって来た。

ジン　　おじいちゃんたら、また変なこと言ってる。

おじいちゃん　うそじゃない。おまえに会いにこっちへ来たんだよ。

ジン　　本当に本当？　それなら、どうやって来たの？　何か方法
　　　　があるはずだよね。こっちへ来られたなら、あっちへ行く
　　　　こともできるんだろうし。そうでしょ？

おじいちゃん　それは……だな……鏡がなくちゃならないんだ……ムニャ
　　　　ムニャ……。

ジン　　おじいちゃん、おじいちゃんってば！

おじいちゃん　グゥグゥ……。

　　おじいちゃんはいつだって話の途中でいねむりしてしまうか
ら、今度も最後まで聞き出すのはむずかしそうだった。わかった
のは、おじいちゃんはこの世界とうりふたつの世界からやって来

たってこと、そして、もう一度そこへ行かなければならないって
こと。そのためのアイテムとなるのが——

鏡だということ。

鏡のゆくえ

　おじいちゃんが言うには、鏡の世界の人たちはみんな、こっちの世界へ来るための鏡を持っているらしい。自分だけの鏡を使って、こっちの世界から鏡の世界へ、鏡の世界からこっちの世界へ移動できる。ふたつの世界を行き来する道は、どこにでもあるわけじゃなく、見つけるのはものすごくむずかしいのだと教えてくれた。ぼくは、おじいちゃんがむかしからずっと持ち歩いていた手鏡を思い出した。ふだんは上着のポケットに入れてあって、ときどき取り出してはのぞいていたっけ。それこそがおじいちゃんのなくした鏡、向こうの世界への入り口だった。

鏡の世界の人は、こっちの世界へつながる
自分だけの鏡を持ってるんだって。

「さあねえ、そんなのあったかしら？　記憶にないけど。おじい
ちゃんが、またいいかげんなこと言ってるだけじゃない？」
　おじいちゃんの鏡について聞くと、お母さんはそう答えた。
「たしかにあったってば。おじいちゃんがいつも持ってた鏡が」
「う～ん、そうかもしれないけど」

　もどかしい気持ちで食い下がったけれど、お母さんはぼくの言葉など耳に入らないようだった。
「おっかしいなあ。通帳、どこにしまったんだっけ？」
「そうか、おじいちゃんの書斎だ。おじいちゃんのものはみんなあそこにあるから、鏡もきっと書斎にあるはず」

　ぼくはお母さんの返事を待たず、ひとりつぶやいた。
「ちょっといま、探し物でいそがしいのよ。でもジン、あなた何
をたくらんでるのか知らないけど、おじいちゃんのものをむやみ
にさわるなんて絶対にダメよ！」
　ぼくの質問には聞く耳を持たなかったお母さんが、急にふり向
いて釘をさすように言った。はぁ……、いつもこうなんだから。

正直ぼくだって、おじいちゃんの話を一から十まで信じている
わけじゃなかった。おじいちゃんはしょっちゅう突拍子もないこ
とを言ってたし、ぼくはぼくでうたぐり深い性格だからだ。

　でも、少し前に老人ホームに入ったおじいちゃんは、ぼくがお
見まいに行くたびに鏡をさがしてほしいと言った。おじいちゃん
のたのみを無視することはできない。おじいちゃんの話が百パー
セント事実だとは思えないけど、ぼくは、おじいちゃんの鏡を見
つけてあげると決めた。何はともあれ、おじいちゃんが鏡をなく
したのは事実にちがいなかったから。

　ひとまずは、おじいちゃんが老人ホームに入るまで使っていた
書斎に行ってみることにした。おじいちゃんによれば、その鏡は、
ぼくたちが見ている鏡の向こう側の世界にあるらしい。でも、ぼ
くの予想では、書斎にある可能性がいちばん高いと思う。おじい
ちゃんはいつだって書斎に入りびたって本を読んでいたから、お
じいちゃんが大事にしているもののほとんどは書斎にあるはず
だ。そこでぼくは、おじいちゃんが鏡をしまっておきそうなとこ
ろからさがしてみることにした。

　ぼくは、おじいちゃんの部屋をすみからすみまでさがしてみた。
でも、鏡を見つけるのは思うほどかんたんじゃなかった。つくえ
の上、棚と、棚の上、まどのすき間まで調べてみたけれど、それ
らしいものは見つからない。

ひょっとして
ここかも？

お母さんはおじいちゃんがもどったときのために、この部屋はすべてそのままの状態にしておくと言っていた。はた目には散らかって見えても、この部屋にはこの部屋なりの決まりごとがあって、おじいちゃんはそれらを残らず記憶しているから、消しゴムのカスひとつ動かしてはいけないと。お母さんの言いたいことはよくわかる。なぜなら前にも、ぼくへのプレゼントだという本のありかを、消しゴムのカスを暗号にして教えてくれたことがあったからだ。

　ぼくは急いで、おじいちゃんのつくえの引き出しを開けてみた。引き出しはふたつ。ひとつめにはえんぴつやペン、消しゴムが山のように入っているだけで、目ぼしいものはなかった。もうひとつの引き出しは、引いてもびくともしなかった。かがんで見てみると、番号をおして開けるかぎがついている。大事な鏡なら、この中にしまってかぎをかけたとか？　だとしたら、その暗証番号は？

　いったい、おじいちゃんの鏡はどこにあるんだろう。鏡……鏡……鏡。あれ、これは何だ？　おじいちゃんのつくえの上に、こんな紙が置かれていた。

28

鏡の中には音がない
あれほどしずかな世界もないだろう

鏡の中のわたしにも耳がある
わたしの言葉を聞き取れないあわれな耳がふたつもある

鏡の中のわたしは左利きだ
握手にこたえることも知らない――握手を知らない左利きだ

鏡であるがゆえわたしは鏡の中のわたしにさわれないのだけれど
鏡でなかったらわたしが鏡の中のわたしに会えたはずもない

わたしはいま鏡を持っていないが
鏡の中にはいつだって鏡の中のわたしがいる
よくはわからないけれど独りよがりの事業に集中しよう

鏡の中のわたしはまったくのところわたしとは反対だけれど
それでいてずいぶん似ている
わたしは鏡の中のわたしを心配し診察できないことが非常に残念だ

おじいちゃんの記憶力はどんどん落ちていた。まだ老人ホームに入る前から物忘れがひどくて、いつもささいなことでもメモしていた。暗証番号だったりの大事なことなら、かならず紙にメモして本のあいだにはさんだり。だから、引き出しのかぎの暗証番号も、そのメモが近くにあるにちがいない。

　どうやら、この紙に書かれているのは詩みたいだ。句読点のまるでないこむずかしい詩だけれど、鏡に関係した詩であることはすぐにわかった。この詩は、かぎの暗証番号のヒントなのだろう。そして引き出しを開ければ、中に鏡があるはずだ。そうでないなら、「鏡」という言葉がもりだくさんのこんな詩を書き残す理由がない。

　おじいちゃんをよく知るぼくはそう確信したものの、それからが問題だった。暗証番号は３ケタの数字なのに、おじいちゃんの残したその紙に数字はひとつもなかったからだ。ぼくはとほうにくれた。たよりにできるのはお母さんしかいない。ぼくは紙を手に、お母さんに助けを求めた。

「お母さん、これ何かわかる？　おじいちゃんが書いたのかな？」

「あら、これは詩よ。イ・サンっていう有名な作家の詩を、おじいちゃんが書き写したのね」

「おじいちゃんが書いた詩じゃないのか。でもどうして、句点も読点もないの？」

じつは、ときどきどこで区切っていいのかわからないせいで、読むのにひと苦労した。それでおじいちゃんをちょっぴりうらめしく思っていたのだけど、どうやら最初からそういう詩らしい。それにしても、変わってる！

「さあねえ、読者が声に出して読むときに、息つぎなしで読ませたかったんじゃない？　こんなふうに」

　お母さんはぼくの手から紙を取って、詩を読みはじめた。息つぎもせずにペラペラと読んでいく様子は、呪文をとなえているみたいでおかしかった。

「題名は何ていうの？」

　お母さんに聞いてみた。

「『鏡』よ。1933年の作品ね。大学入試のとき、"イ・サン"という作家が『鏡』を発表したのは何年か"って問題が出たのよ。それでまちがえたから、いまでもはっきり覚えてるってわけ。あのときまちがえてなかったら、わたしの人生も変わってたでしょうにねえ」

「出た。ひとつまちがえたくらいで人生が変わるなんて、お母さんは大げさすぎるよ」

鏡の中のわたしにも

キシン

「何ですって？　ちょっと、そういえばこれ、おじいちゃんの書斎から持ち出したんじゃないの？　おじいちゃんのものは絶対にさわらないようにって言ったでしょ。聞いてたの？」

「お母さんの言うことだけ聞くなんて不公平だよ。ぼくの言うことは聞いてくれないくせに」

「こら、口ごたえしないの！　そうくるなら、書斎のかぎを閉めて二度と入れないようにするわよ！」

「あ、ごめんなさい。それだけは！」

　ふだんはとんちんかんなことばかり言ってるお母さんだけれど、おこりはじめるとだれよりもこわい。だから、ここは平あやまるしかなかった。ごめんなさいと百万回もくり返した末に、ようやく書斎のかぎを閉めないという約束をとりつけた。

　ぼくはそうっとおじいちゃんの書斎にもどった。そして部屋の本棚から、イ・サンという作家の本をさがしはじめた。まだ始めて間もないのに、どっとつかれを感じた。なぜって、おじいちゃんの本棚には本がぎっしりつまっていたからだ。やれやれ、この調子じゃ、いつ終わることやら。と、そのときハッと気づいた。

　（そういえば、これは詩だっけ！　おじいちゃんなら、詩集は詩集でまとめてるはず……。あ、ここだ！）

　予想どおり、詩集は一か所にまとめられていた。ひときわぶあつい詩集が目にとまった。

『イ・サン全集2』。

　それ以外の詩集はどれも小さくてうすいのに、イ・サンという作家の本だけはやけにぶあつい。開いてみると、中には随筆や手紙といった長い作品もあるのがわかった。ぼくはさっそく、「鏡」という詩をさがしてみた。

ヒラリ！

　「鏡」という詩がのっているページを開いた瞬間、本にはさまっていた紙がすべり落ちた。

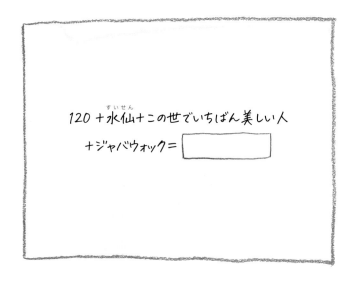

これはどういう意味だろう？　メモを手にしばらく考えてみた
けれど、何のことやらさっぱりだ。イ・サンの「鏡」という詩と
何かつながりがあるのかも、そう思って読み返してみても、やっ
ぱりわからない。そのときふと、ある数字が目に入ってきた。

120

それは「鏡」という詩がのっているページの数だった。

ハハァ！　それならほかの言葉も、本のページを指しているの
かもしれない。ふたつめは「水仙」、これは何のことだろう？

ギリシャ神話に出てくる、
鏡にうつる自分に恋した
ナルキッソスのこと？

とつぜん、おじいちゃんの声が聞こえた気がした。

そうだ、おじいちゃんはいつも鏡を見ながら、ナルキッソスの
話をしてくれた。

　ナルキッソスはおどろくほど美しかった。そんなナルキッソスにだれもが目を見張った。ナルキッソス自身も、自分ほどかんぺきな美しさを持つ人間はいないと信じていた。そして、自分を愛する人たちを見下した。だれかを愛することが、どれほど切なくやるせないことかわからなかったんだ。愛されることに慣れすぎて、相手の気持ちを考えられなかったのさ。でも、そんなナルキッソスをよく思わない神がいた。ネメシスという神だ。ネメシスはナルキッソスに、自分の過ちに気づかせようと考えた。そして、ナルキッソスを水辺によびよせたんだ。

　ネメシスはナルキッソスに、水面にうつった自分のすがたを見せた。ナルキッソスはそこに、このうえなく美しい少年を見つけた。それが自分であることにも気づかず、ひとめで恋に落ちてしまったんだ。鏡の中の自分と恋に落ちたようなものさ。ナルキッソスは愛の言葉を投げかけるが、水面にうつった自分が答えるはずもない。ナルキッソスはがっかりした。でも、そこをはなれることもできなかった。はなれてしまえば、その美しい少年に二度と会えないかもしれないと思ったから。そうしてナルキッソスは、食事をすることもねむることもせず、自分のすがたにじっと見とれていたんだ。やせほそって死んでしまうまで。

151

水面にうつった自分に見とれるナルキッソスの話。ナルキッソスの死後、彼がいた場所に水仙の花がさいたのだと、おじいちゃんは教えてくれた。だから、水仙は英語でナルシサス (narcissus) なのだと。「ナルキッソス」はギリシャ語の発音で、「ナルシサス」は英語の発音だそうだ。

　ぼくはおじいちゃんの本棚から『ギリシャローマ神話』を見つけた。ナルキッソスの話は 151 ページにあった。

　メモの最初の数字が「鏡」という詩のページを指すのだとしたら、ふたつめは 151 となる。そうなると、120 たす 151 で……。

さて、じゃあ、「この世でいちばん美しい人」ってのは何だろう？
世界でいちばん美しい人……。考えてみたら、ここまではどれも
鏡と関係のある本だった。イ・サンの詩の題名も「鏡」だったし、
ナルキッソスが水面に自分のすがたをうつすというのも、つまり
は鏡に関係した話だとおじいちゃんから聞いた。それならこのヒ
ントも、鏡と関係があるんだろうか？　世界でいちばん美しい人。
それってつまり……。

　そう！　『白雪姫』にも鏡が出てくる！　女王が鏡に向かって、
世界でいちばん美しいのはだれかと聞く場面だ。

　女王は毎朝、鏡に向かって聞きました。
「鏡よ鏡。この世でいちばん美しいのはだあれ？」
　鏡は決まってこう答えました。
「この世でいちばん美しいのは女王様です」
　その日も女王は、鏡に向かって同じ質問をしました。
「鏡よ鏡。この世でいちばん美しいのはだあれ？」
　鏡は答えました。
「この世でいちばん美しいのは女王様です」
　女王は満足げにほほえみました。と、鏡が続けて言いました。
「でもこれからは、この世でいちばん美しいのは白雪姫です」
　女王はびっくりしました。鏡が言いまちがえたのだと思い、翌朝もう一度
聞きました。
「鏡よ鏡。この世でいちばん美しいのはだあれ？」
「女王様も美しいですが、いちばん美しいのは白雪姫です」
　女王はいかりにふるえました。そして白雪姫をにくみはじめたのです。

おじいちゃん　じつにおもしろいと思わないか？

ジン　　　　何が？

おじいちゃん　ナルキッソスは水面にうつった自分を見てるんだから、鏡を見てるのと変わらないだろう？　そして、そこには自分の顔しか見えなかった。でも、『白雪姫』に出てくる女王は、鏡の中に自分の顔は見えず、白雪姫しか見えなかった。

ジン　　　　う～んと、あ、そうか！　自分が見たいものだけ見てるってことだね？

おじいちゃん　そのとおり。鏡は自分をうつしてくれるものだけれど、見る人が頭の中で何を思いえがくかによっても変わるんだ。

鏡ってのはふしぎなもので、
こちらが信じるとおりにうつし出す。
でもな、わしらは、
鏡が見せるとおりに信じるんだ。

『白雪姫』に出てくる女王の話について、おじいちゃんが言っていたことを思い出した。鏡は、こちらが信じるとおりにうつし出すのだということ。

　ぼくは、「鏡よ鏡。この世でいちばん美しいのはだあれ？」と女王が鏡にたずねる場面をさがした。それは25ページだった。さあ、もうゴールは近い。でも、まだもうひとつ残っていた。それは……ジャバウォックだ。

ジャバウォック…　　ジャバウォック…　　ジャバウォック…
ジャバウォック…
ジャバウォック…
ジャバ…

　ジャバウォックって何だろう？　人の名前？　だとしたら、変わった名前もあるもんだ。水仙の話と白雪姫の話、どちらもおじいちゃんがふだん聞かせてくれていた話だった。ということは、ジャバウォックもどこかで聞いているはず……。すわりこんでじっくり考えてみたけれど、頭にうかんでくるものはなかった。

でも、だからといって希望がないわけじゃない。どの話も鏡と
関係のあるものだったから。きっと「ジャバウォック」も、何か
しら鏡に関係しているにちがいない。ぼくはおじいちゃんの本棚
をゆっくりと見回した。鏡と関係のある本がもっとないかと。

　そのときだった。ぼくの目に一冊の本が飛びこんできた。それ
は、『鏡の国のアリス』。そう、『ふしぎの国のアリス』の続編だ。
その物語はどこかしら、おじいちゃんの鏡とも関係がありそうに
思えた。ぼくは本棚から『鏡の国のアリス』を取り出し、ペラペ
ラとめくっていった。

ジャバウォック

そはゆうやきどき　ぬるしなきトーヴども
にもひろに　ガイリし　キリリしたりき
ひたぶるにうすじめきは　ボロゴーヴども
えはなれしラース　あまたさうしゃめりき

よし！　やっぱりだ。予想どおり、おじいちゃんが聞かせてくれた話の中にジャバウォックもいたらしい。記憶はあやふやだったけど、こうしてちゃんと当てられた。ぼくって天才！　それに、おじいちゃんはジャバウォックが登場するページにメモをはさんでくれていたから、ぼくはまちがっていないと確信できた。

イ・サン＋水仙＋この世でいちばん美しい人
＋ジャバウォック＝ ☐

ジャバウォックではなく水仙を思いうかべること

しかも、もともと120と書かれていたところが「イ・サン」に変わっていた。つまり、120は、イ・サンの「鏡」という詩がのっているページの数で合っているということをしめしている。

それなら、それぞれのページ数を入れてたし算した答えが、かぎの暗証番号というわけだ。

　イ・サンの「鏡」は 120 ページ、水仙を指すナルキッソスの話は 151 ページ、この世でいちばん美しい人をたずねるのは『白雪姫』の 25 ページ、ジャバウォックが登場するのは 28 ページだ。これをすべてたすと、324。

さあ、正解をたしかめる番だ。

ぼくはかぎについている数字をひとつひとつおしていった。

ところが、どうしたことだ？　かぎが開かない。いったい何が
まちがっているんだろう？

鏡の世界への通路

　いくら考えても、何がまちがっているのかわからない。数字は本のページを指していて、ぼくはすべてのページを見つけ出してたし算をした。合っていないわけがないのだ。

　でも、そのときふと、ふたつめのメモに何か書きたされていたことを思い出した。

　　　ジャバウォックではなく水仙を思いうかべること

どういう意味だろう？　ジャバウォックではなく水仙……手が

47

かりはこれだけ。ジャバウォックと水仙で、いったい何をどうしろというのか。でも、ヒントをくれたのはほかでもないおじいちゃんなのだ、ぼくに当てられないはずがない。おじいちゃんはいつも言っていた。科学者の仕事のひとつは、それがどんな物体であるかをたしかめることだ。物事を正確に知るためには、くらべて、てらし合わせてみることが大事だと。だからこそおじいちゃんは、ここにふたつ書き残した。「水仙」という言葉で何を伝えたいのかは、「ジャバウォック」を観察すればもっとはっきりするだろう。これこそが、比較と対照のなせる技だ。

ジャバウォック 水仙

比較 対照

ぼくは科学者のような心持ちで、ジャバウォックのページを読みはじめた。なんとも読みにくかった。きみょうなことに、文字

がすべて鏡にうつしたように逆転していたからだ。ん？　鏡にうつしたように？　そうか！　どうして気づかなかったんだろう。

　ここに集まってるのは、どれも鏡にうつし出されたものばかりじゃないか。

　わかったぞ！　鏡にうつして見るように、数字を反転させてみよう。ただし、ここがなぞときのポイントだ。ジャバウォックのほうは、紙を持って鏡と向き合ったときのように左右が反転している。でも、水仙のほう、つまりナルキッソスは、鏡ではなく水面にうつっている。すなわち、左右だけでなく、上下もひっくり返って見えるのだ。

ジャバウォック

水仙

鏡にうつすと、
どんなふうに見えるかな？

　　ようし、頭で想像するだけじゃなく、
　　　　　実際にかいてみよう。

鏡文字を書いてみよう

1ページにある付録の鏡シートを切り取って使おう！
たてにならんだ数字を横から鏡にうつして、見えるとおりに
書いてみよう。これがジャバウォックのやり方だ。

今度は、横にならんだ数字を上から鏡にうつして、
鏡にうつった数字を見えるとおりに書いてみよう。
これがナルキッソスのやり方だ。

まず、ジャバウォックのやり方で書いたほうは、0、1、8を
のぞけばどれも数字に見えなかった。でも、ナルキッソスのよう
に水面にうつすのと同じやり方で書いたほうは、数字に見えるも
のがけっこうあった。たとえば、2は5に、5は2に見えた。と
いうことは、120は150に見え、151は121に見えるわけだ。

イ・サン＋水仙＋この世でいちばん美しい人＋ジャバウォック

（本のページ数）120 ＋ 151 ＋ 25 ＋ 28
（ナルキッソスのやり方）150 ＋ 121 ＋ 52 ＋ 58

おじいちゃんのかぎの暗証番号は？

答え

やったあ！

　ぼくはたし算を完成させ、かぎの数字をおしてみた。
　ビンゴ！　当たりだ！

飛び上がるほどうれしかった。かぎの暗証番号をつきとめたことに胸をおどらせながら、引き出しを開けた。でも、そこにはまたもや紙が1枚あるきりで、ほかには何も見当たらなかった。

2＋2＝魚
7＋7＝逆三角形
では、3＋3は？

わしの鏡を見つけるために
まずは、はてしなく続く通路を見つけること
その通路を通って鏡の世界に着いたら
目を使わない鏡をさがし
その前にいる人に
わしの鏡のありかをたずねること
いついかなるときもジャバウォックを忘れないこと

ふむふむ。かんたんに見つかるようじゃおもしろくないという
わけか。さすがおじいちゃん！　でも、これはまた、どういうク
イズだろう？

　カシャン。

　うん、何だ？　メモをよく見ようと持ち上げたそのとき、ゆか
に何かが落ちた。かぎのたばだった。どこのかぎかはわからない
けど、メモといっしょにあったのだから、おじいちゃんの鏡を見
つけるのに必要なものだろう。ぼくはかぎのたばを拾って書斎を
出た。ところが、いつものろうかがなんだかよそよそしく感じら
れた。

　２＋２がどうして魚になるんだろう？　それに、７＋７が逆三
角形？　逆三角形は、三角形をさかさにしたものだ。ぼくはおじ
いちゃんのえんぴつで、紙に逆三角形をかいてみた。

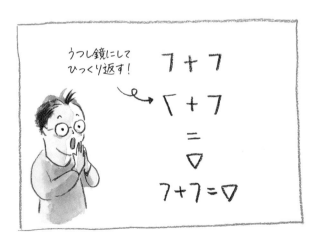

ハハァ、逆三角形は、7と、鏡にうつした7を合わせればでき
あがる。どうやらこの問題は、うつし鏡と関係しているらしい。
　それなら、2＋2も同じ要領だろう。7と同じように、2も鏡
にうつした形を書いて、まじまじとながめてみた。

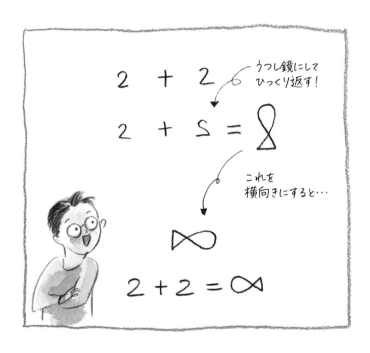

　やったぞ！　片方の2をうつし鏡のようにひっくり返し、それ
をくっつけて横にねかせると、これはまぎれもない、魚だ！

この調子なら、３もむずかしくなさそうだ。同じように、片方の３をうつし鏡のようにひっくり返して、３とくっつけたら、答えは８だ！

　ようし、うつし鏡の数字なら、もうお手の物だ。一度コツを覚えたら、自信がわいてくるのがわかった。次は、はてしなく続く通路とやらをさがす番だけど……、そんなものがこの世にあるんだろうか？

　何より、まっ先に頭にうかんだ書斎の前のろうかは、たいして長くもない。下の階への階段があるばかりで、はてしなく続く通路にはほど遠かった。

　ぼくはおじいちゃんのヒントをたどってはいたけれど、鏡の世界を完全に信じているわけではなかった。いや、信じられなかった。ぼくたちが住んでいる世界のほかに、鏡の中にも別の世界があるなんて。あのかたい鏡が通路になり、その通路を通って鏡の世界へ行くだなんて。

　そんなことを思いながら、ぼくはふと横を向いた。するとそこに、何かがあった。

　道！　道だった。

　おどろいたことに、長くはてしない道が鏡の奥へと続いていた。ぼくは反対側のかべにかかっている鏡をふり向いた。そこにもやっぱり、終わりの見えない道が続いていた。

それはほかでもない、ろうかの両側のかべにかけられた鏡がお
たがいに反射し合って、長い長い通路をつくっていたのだった。
なるほど、これがはてしなく続く通路というわけか。

　それなら、さっきのクイズの意味は何だろう？　３＋３＝８だ
から、ひょっとすると、反射し合う八つめの鏡が入り口になって
いるんだろうか？　うまくいくかわからないけど、試してみるし
かない。ぼくは思いきって、鏡の中に頭をつっこんでみた。

　ついさっきまでおじいちゃんの話をうたがっていたけれど、い
まは何かにとりつかれたように、鏡の中へ入ることだけを考えて
いた。たとえ鏡の世界の話がうそだったとしても、試してみる価
値はある。鏡の世界が実在するのに、信じないからと試すことも
しないなら、ぼくが鏡の世界について知ることは永遠にないのだ。
まずは信じよう。それで損することもないのだから。

そのときふと、おじいちゃんが読んでくれた『鏡の国のアリス』を思い出した。

　"向こうへ行く通り道があることにするの。ガラスがもやみたいにやわらかくなって、通り抜けられるつもりになればいいのよ。あら、ほんとうにもやみたいになってきたわ！　これなら、かんたんに通り抜けられそう──。"

　本当だった。ぼくはやわらかいカーテンのあいだを通りぬけるように、波のない水中にすべりこむように、鏡の世界へ入っていった。後ろをふり返ると、そこにはぼくの顔をうつす鏡があるだけ。成功だ！　こうしてぼくは、鏡の世界へやって来た。

ぼくは、真っ暗な通路をずんずん歩いていった。どこからそんな勇気がふってわいたのだろう。でも、よけいなことは考えなかった。想像もつかなかった出来事が目の前で起こっている。信じる気持ち、それがぼくをこの世界に連れてきたのだ。そして、ここを通りぬければ、おじいちゃんの鏡を見つけられるはずだ。

　通路を進んでいくと、ついにその先に光が見えはじめた。たどり着いた先には扉があり、扉のすき間からちらちら光がのぞいていた。開けようとしても、かぎがかかっているのかびくともしない。かぎ穴から明るい光がもれていて、扉には模様らしきものがかかれている。さては、引き出しから出てきたかぎたばの中に、ここに合うものがあるのかもしれない。

　これかな？　かぎたばを調べ、扉と同じ模様のかぎを見つけた。さっそくかぎを差しこんでみた。ところが、かぎ穴に何かつまっているのか、うまく入ってくれない。一度、かぎをぬいてたしかめてみた。おかしい、扉の模様と同じなのに。ぼくはもう一度、力をこめてかぎを差しこんでみた。

　その瞬間、ボキッといやな音がした。どうしよう、かぎが折れてしまった！

　これじゃなかったみたいだ。ぼくは青ざめた。仕方ない、それならほかのかぎを使ってみよう。模様の似た別のかぎを差しこんでみたけれど、またもやボキッと折れてしまった。このままでは

かぎ穴がつまってしまうんじゃないかと不安になった。落ち着こう。ぼくはあらためて、扉の模様をまじまじと観察した。

　これまでのヒントは、どれも鏡と関係があった。よく考えるんだ。ここが本当におじいちゃんの言う鏡の世界なら、この模様も逆になっているんじゃないか？　そうだった、おじいちゃんのメモには、「いかなるときもジャバウォックを忘れないこと」と書かれていた。ジャバウォックの鏡文字のように、鏡にうつしたときのことを考えてみよう。そう、この扉の模様も、ぼくが持っているかぎとは左右が逆になっているということだ。

鏡にうつして本物のかぎを当てよう！

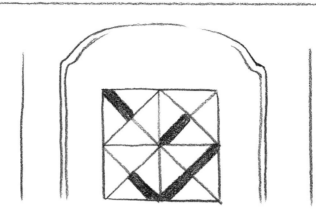

上の模様を鏡にうつしたら、どんな模様になるか、かいてみよう。

64

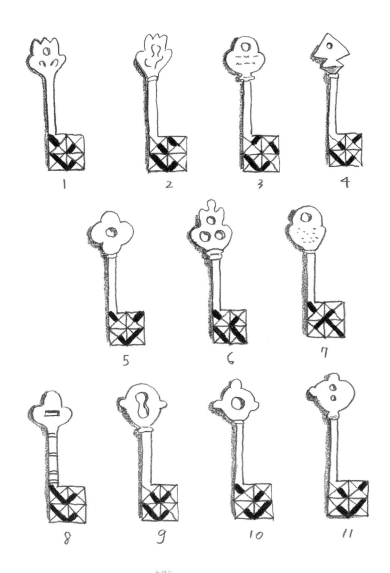

本物のかぎを見つけたら、扉が開くはず。

もうひとつの世界

ガチャリ。

　長いあいだ使われていなかったのか、かぎは重たい音を立てながら回った。ゆっくりと広がっていく扉のすき間から、さわやかな光と風があふれ出した。暗い通路を長いこと歩いてきたせいか、まぶしくてまともに目を開けられない。

　ぼくはゆっくりと扉を開け、足をふみ入れた。まぶたをこじ開けてあたりを見回すと、目の前に、まるで砂漠のような風景が広がっていた。その向こうに森も見えたけれど、そこまで行くにはずいぶんかかりそうだった。

そのとき、だれかが近づいてくる気配がした。

おばあさん　ぼうや、何か聞こえなかったかい？

ジン　　　　え？　何かって？

おばあさん　鈴の音だよ。

ジン　　　　聞こえなかったけど……。

おばあさん　鈴の音が聞こえたら、きっと教えておくれね。

ジン　　　　わかりました。ところで、この近くに鏡はありますか？
　　　　　　あるとしたら、どのあたりかわかりますか？

おばあさん　おや、ぼうやはこの世界の子じゃないようだ。初めて来た
　　　　　　んだね、ちがうかい？

ジン　　　　はい、そのとおりです。ここが鏡の世界ですよね？　ぼく、
　　　　　　鏡をさがしてるんです。

何も知らない子が
ここにいちゃいけないよ。
この世界にとって危険だ。

ここが鏡の世界なんですか？

おばあさん　鏡の世界のことをちゃんとわかってるのかい？　鏡を理解できない人間は、この世界をめちゃめちゃにしてしまう。もうすでに、この世界も、通路も、どんどん破壊されてるよ。そのうち人々は、鏡の中に自分の顔しか見つけられなくなる。鏡を通して世界を深く見つめることができなくなるのさ。

　おばあさんが深刻そうに言った。ぼくは胸がドキドキした。鏡の世界にやって来たというワクワクが半分、得体の知れない不安が半分。鏡の世界が破壊されてる？　ああ、おじいちゃんもいっしょだったらよかったのに。ぼくはもどかしい気持ちになった。
「ところで、鈴の音が聞こえなかったかい？」
　おばあさんはさっきと同じことをくり返した。
「いいえ」
　そう返しつつも、おばあさんの様子を見て心配になった。
「鈴の音が聞こえたら、きっと教えておくれね」
　おばあさんはあたりをキョロキョロしながらそう言った。どこか悪いにちがいない。出会うなり鈴の音の話ばかりしていたおばあさんは、そのまま去っていくかと思いきや、ぱっとふり返って、ぼくにうたがいのまなざしを向けた。

「それはそうと、どこかで見たような顔だ。なんにせよ、ここにいていい子なのかどうか、テストしてみないとね。ほら、ここに二重の星をかいて色をぬってごらん。こんなふうに。ちゃんとかけたら、鏡をさがすのを手伝ってやろうじゃないか。ただし、紙を見ちゃいけないよ。鏡だけ見ながらかくんだ」

鏡と、色えんぴつ、紙を2枚用意してね！

　ぼくは『鏡の国のアリス』に出てくるジャバウォックのページも読んでいたし、おじいちゃんの引き出しの暗証番号や、かぎの模様も当ててきた。だから、鏡のことはわかっているつもりだったけど、鏡だけを見て星をかき、色をぬるのはかんたんなことじゃなかった。ぼくは悪戦苦闘しながら、なんとか星を完成させた。

70

鏡だけを見て星をかけるかな？

①紙を置き、その前に鏡を立てる。

②もう1枚の紙を顔より下に来るように固定し、
　下の紙が見えないようにする。

③鏡だけを見ながら、下の紙に星をかく。

④星の外側にもうひとつ星をかいて、
　二重の星にする。

⑤ふたつの星のあいだを
　色えんぴつでぬる。
　きちんとぬれたら成功だ！

手元は見ない。
見るのは鏡だけ。

目かくしの紙は
手で持つか
道具を使って
固定してね。

ジン　　できたよ！　ほら。

おばあさん　やるじゃないか、ぼうや。

ジン　　へへ。鏡のことなら、けっこうくわしいんだ。

おばあさん　ぼうや、ちょっと変わった魔法使いのじいさんを知らない
　　　　　かい？　顔がよく似てるようだけど。

ジン　　ひょっとして、うちのおじいちゃんのこと？　ぼくがいた
　　　　世界では、おじいちゃんは科学者だったんです。

おばあさん　やっぱり！　あのインチキ魔法使いの孫かい。そうか、ぼ
　　　　　うやはあのじいさんの鏡をさがしてるんだね？　だれかが
　　　　　来ると思ってたんだよ。あのじいさんとわたしは古い友だ
　　　　　ちでね。

ジン　　え！　本当？　それなら、ちょっと手伝ってもらえません
　　　　か。扉をくぐれば鏡を見つけられると思ったのに、どこに
　　　　も見当たらないんです。

おばあさん　シィ！　音が聞こえなかったかい？

ジン　　何の音？

おばあさん　鈴の音だよ。聞こえなかったかい？

ジン　　さあ、どうだか……。

おばあさん　よくわかってないみたいだけど、ぼうや、よくお聞き。い
　　　　　いかい、鈴の音が聞こえないか耳をすませて歩くんだよ。
　　　　　せっかくじいさんが、苦労してあいつにつけたんだから。

ジン　おじいちゃんが？

おばあさん　そうとも。わたしが思うに、ぼうやのじいさんも、あいつ のせいで鏡をなくしちまったんだよ。

ジン　あいつって？

おばあさん　鏡の世界につながる道を次から次へと破壊してるやつさ。 あの怪物め、この世界をめちゃくちゃにする気だ。早く止 めないと。

ジン　おばあさん、それってだれなの？

おばあさん　じつはわたしも、その怪物がどんなすがたをしてるのか知 らないんだよ。でも、ぼうやのじいさんが鈴をつけておい たから、鈴の音が聞こえればそいつだとわかる。永遠にほ どけないように結び付けたらしいからね。でも問題は、わ たしの耳がどんどん遠くなってるってこと。それでここに 鏡を立てておいたのさ。

ジン　鏡？　鈴の音で怪物を見つけるのに、鏡が必要なんです か？　その鏡っていうのは、どこに？

　おばあさんはさっと向き直り、背後にある大きな建物を指さし た。とはいえ、実際は建物とも彫刻ともいえない変なものだった。 そこに立っていたのは、おばあさんの背の３倍はありそうな、大 きなおわん型のコンクリートだった。

おばあさん　ごらん。これは「音の鏡」だよ。

ジン　音の鏡？　このおわんみたいなものが？　それに、ガラスじゃないみたいだけど。

おばあさん　そう、顔をうつし出す鏡じゃない。でも、これも鏡のひとつなのさ。

ジン　じゃあ、これは何をうつすの？

おばあさん　うつすんじゃない。聞かせてくれるんだよ。ぼうやもここまで来られたんだから、鏡のいちばんの特性<ruby>特性<rt>とくせい</rt></ruby>くらいわかるだろう？

ジン　鏡の特性<ruby>特性<rt>とくせい</rt></ruby>？　えっと、とうめいで、われる、反射<ruby>反射<rt>はんしゃ</rt></ruby>する、それから……。

おばあさん　そう、それだよ、反射<ruby>反射<rt>はんしゃ</rt></ruby>！　鏡は反射<ruby>反射<rt>はんしゃ</rt></ruby>するだろう？　こいつも、ガラスは使われてないけど反射<ruby>反射<rt>はんしゃ</rt></ruby>するんだよ。

ジン　この音の鏡も？　何を？　ひょっとして音を？

おばあさん　そうとも。光を反射<ruby>反射<rt>はんしゃ</rt></ruby>するんじゃない、音を反射<ruby>反射<rt>はんしゃ</rt></ruby>するから「音の鏡」なのさ。レーダーが発明される前に使われてたものでね。レーダーを知ってるかい？　電波を飛<ruby>飛<rt>と</rt></ruby>ばして、戦闘<ruby>戦闘<rt>せんとう</rt></ruby>機<ruby>機<rt>き</rt></ruby>の位置<ruby>位置<rt>いち</rt></ruby>を見つける機械<ruby>機械<rt>きかい</rt></ruby>のことだよ。ところがそのむかし、第二次世界大戦<ruby>大戦<rt>たいせん</rt></ruby>より前にはレーダーなんかなかった。だから、いつ戦闘<ruby>戦闘<rt>せんとう</rt></ruby>機<ruby>機<rt>き</rt></ruby>がやって来て爆弾<ruby>爆弾<rt>ばくだん</rt></ruby>を落とすかもわからなかったのさ。

第一次世界大戦は1914年から1918年まで続いた。戦闘機が登場したのは、この戦争が初めてだといっていい。とつぜん飛んできて爆弾を落とすんだから、そりゃあこわかっただろうさ。それでみんなは、戦闘機がいつ飛んでくるのか知りたがったけど、レーダーが発明されるまでは手の打ちようがなかった。

第一次世界大戦が終わると、イギリスをはじめとする国々は、ヨーロッパ大陸から飛んでくる戦闘機をキャッチしようと知恵をしぼった。
そして、音の鏡を発明したんだ。

イギリスの海岸

76

鏡の反射原理

実際の顔   鏡の中の顔

遠くから戦闘機が飛んできたら、大きな音が聞こえるはずだろう？
でも、遠すぎるとそれも聞こえない。そんなとき、音の鏡を使うのさ。
音の鏡は、音を集めて反射する。まるで鏡のようにね。

おわんに反射した音は一点に集まる。すると、音がふくらんで大きく聞こえる
というわけさ。

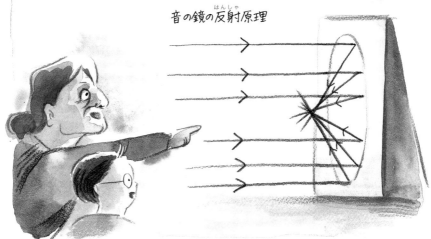

音の鏡の反射原理

「そうか。おばあさんも、ここに立って音を聞こうとしてたんですね」

　頭の整理がついた気分だった。ふと、ポケットにしまっておいたメモを思い出した。ぼくはそっとメモを取り出して開いた。

目を使わない鏡をさがし
その前にいる人に
わしの鏡のありかをたずねること

　目を使わない鏡。目を使わず……聞かせてくれる鏡？

「そうとも。この音の鏡が鈴の音をキャッチしてくれるはずだ。怪物なんかに鏡の世界をめちゃくちゃにされてたまるものかい。鈴の音が聞こえたら、すぐさまそいつをつかまえてやるさ」

「ぼくがさがしていたのは、あなたでした！　音の鏡は目を使わない鏡だもの。おじいちゃんは、おばあさんをさがすように言ってたんです。鏡を見つけるのを手伝ってくれるはずだって」

ぼくはこうふんして、おばあさんの手をぎゅっとにぎった。おばあさんも、ぼくの手をぎゅっとにぎり返した。

「おや、そうだったのかい？　そうかいそうかい、わたしもやっと理解したよ。ぼうやがわたしたちの力になってくれるんだね。これをあずけよう。鏡の庭園に花をさかせるんだ。そうすれば、鏡の世界が少しは元どおりになるはずだから」

「でも、ぼくはおじいちゃんの鏡をさがさなくちゃ……」

「あのじいさんたら、それでぼうやをここによこしたんだね。これをあずけろってことにちがいない。さあ、鏡の庭園に行くんだ。行って花をさかせるんだよ！」

　すっかりまい上がっている様子のおばあさんのそばで、ぼくは目を丸くしてつぶやいた。

「鏡の庭園……？」

　そのときだった。音の鏡から何かが聞こえはじめた。あれは！　鈴の音だ。びっくりしておばあさんを見ると、おばあさんは大急ぎでぼくにきんちゃく袋をわたしてきた。中には宝石のように光る、色とりどりのガラスのつぶが入っていた。

「早くお行き。鏡の庭園に行って、同じ模様の花をたくさんさかせるんだ。それと、もしもわたしが怪物をつかまえられなかったら、ぼうやがなんとかするんだよ！」

おばあさんがぼくの背中をおした。

「そんな。何がなんだかわからないよ」

　ぼくは心細い気持ちで、おばあさんの顔を見上げた。でも、おばあさんはぼくを、走れとせかした。

「急ぐんだ！　この先に、鏡のエレベーターがある。そのエレベーターも、あのじいさんがつくったものだよ。行って、鏡のエレベーターに乗りなさい。行けばわかるよ！」

　おばあさんはそう言って、森へ続く道を指した。鈴の音がだんだん大きくなってくる。それ以上何も聞けないまま、ぼくは走り出した。

チリンチリン。

　そして、一目散に森を目指した。

永遠なる光の反射

鏡の中の鏡

　森を走ってずいぶんたったようだ。鈴の音はもう聞こえず、おばあさんがどうなったのかもわからなかった。ぼくは、急にこわくなってきた。背後では風がびゅうびゅうとうなる音だけが聞こえる。森のはずれまで来ると、言われたとおりエレベーターがあった。これが鏡のエレベーター？　地上に建物は見えないから、地下鉄のエレベーターのように地下へ続いているんだろうか？　でも、どうやってドアを開けるんだろう？　行き先は？　ぼくはどうしていいかわからず、しばらくその場にたたずんでいた。

「ここで何してんの？」

ぼくはびっくりして後ろをふり返った。おじいちゃんの相棒、
黒ネコのキティだった。でも、どうしてキティが言葉をしゃべっ
てるんだ？

ジン　　何でここに？

キティ　あなたを追いかけてきたのよ。

ジン　　どうして？

キティ　手伝ってあげようと思って。

ジン　そうなの？　おじいちゃんに言われて？

キティ　いそがしいから、そんな話はあとにしましょ。これに乗ろ
　　　　うとしてたんじゃないの？

　ぼくはエレベーターをふり返りながらうなずいた。そして、あ
たりを見回した。鈴の音はもう聞こえない。それでも、おばあさ
んの言う怪物がいつ追いかけてくるかもわからない。ひとまずエ
レベーターに乗って、早くこの場をはなれたほうがいいだろう。
でもこまったことに、何をどうしていいやらさっぱりだった。

ジン　エレベーターに乗らないと。どうやるか知ってる？

キティ　さあね、わかんない。

ジン　さっき、手伝いに来たって……。

キティ　わかんないことだってあるでしょ。

ジン　鏡の世界の住人なのに？

キティ　だからって、何から何まで知ってるわけじゃないわよ。あ
　　　　なたはそっちの世界のことなら何でも知ってるわけ？

ジン　わかった、わかったよ。ごめん、そうだよね。ひとりでな
　　　　やむよりはキティとなやむほうがずっといいや。

83

キティ　わかればいいのよ。

ジン　　う〜ん、だけど、どうやって乗ればいいんだろう？

キティ　見て。なんだかこのエレベーター、スフィンクスみたいな
　　　　役割があるんじゃない？

ジン　　スフィンクス？　あの、エジプトのピラミッドのそばにい
　　　　るスフィンクスのこと？

キティ　そう。古代ギリシャ神話では、神殿に入ろうとする人たち
　　　　に、スフィンクスがなぞかけをするでしょ？　はずれた人
　　　　は食べられちゃって、当てた人は無事に通されるの。

　　キティがエレベーターの表面に前足を当て、さっとはなした。
するとそこに画面が現れ、文字がうかんだ。

鏡にうつる自分をスマホのカメラでとってください。

どこを見てとれば、写真の中の自分と、

その写真を見ている自分の目が合うでしょうか?

①鏡の中の自分の目

②スマホの画面にうつっている自分の目

③スマホの画面にうつっているカメラのレンズ

④鏡の中のカメラのレンズ

⑤鏡の中の自分の鼻

正解は……実際の鏡を見ながら試してみましょう。

かんたんだった。

　ぼくはすぐさま画面に近よって、正解を選ぼうとした。ところが、キティはぼくのことが信じられないらしく、まずは自分に答えを聞かせろと言う。そしてぼくの答えを聞くと、バカを言うな、もう一度考えろと言った。ぼくはこれで合っていると言いはったけれど、よくよく考えてみるとちがう気もしてきた。そうして長らくなやんだ末に出した答えは……、

。

ビンゴ！

　みごとに正解し、エレベーターのドアが開いた。ぼくはよろこびいさんで、いきおいよくエレベーターに乗りこんだ。キティもひらりとエレベーターに飛び乗った。キティがいなかったら、あやうくまちがえるところだった。

　エレベーターの中のかべは、四面がすべて鏡でできていた。さすが、鏡の世界の鏡のエレベーターだけある。ドアが閉まると、かべのひとつが画面に変わり、そこにまたもや文字がうかび上がった。

目的地をどうぞ。

「すごい。言うだけでいいのかな？　鏡の庭園に行きたいって」

「ベルサイユ、鏡の間よ」

　キティが言った。

「え？」

「言うとおりにして。フランス、ベルサイユ宮殿、鏡の間」

「おばあさんは、鏡の庭園へ行けって言ってたよ？」

「だからベルサイユ宮殿なの。行けば鏡の庭園にもよれるから」

「まちがいない？」

「もう、うるさいわね。いいから、言われたとおりに伝えて」

「ベルサイユ、鏡の間」

　ぼくは言われるがままに、そうつぶやいた。でも、エレベーターはぴくりとも動かない。何だ？　こわれてるのか？

　あわててキティを見たけれど、キティはゆかにすわりこんで、のんびり毛づくろいをしている。

「ベルサイユ、鏡の間！」

　さっきより大きな声で言ってみた。するととつぜん、「ブーン」という音がひびき、どこからかアナウンスのような声が聞こえてきた。

安全装置が稼働します。
ドアロックを確認しました。

次の問題をといてください。
この問題は、鏡の世界を守るために作られました。
鏡の世界の敵となる者にはとけない仕組みになっています。

そのため、問題をとけなかった場合は鏡の世界から追放され
鏡の迷路に閉じこめられることになります。
正解を当てれば、目的地まで移動します。

では問題!
鏡は何色でしょうか?

ぼくは少しこわくなった。でも、これはおじいちゃんが作った問題だ。そう思うと心強かった。今度も当てられるんじゃないか。よし、思いついたとおりに言ってみよう。

ジン　　ええっと、銀色！

キティ　ストップ、ストップ！　いまのはなし！

ジン　　どうして？

キティ　銀色はちがうでしょ。

ジン　　何でそう思うの？

キティ　前に一度、銀色って答えたことが……、いや、そうじゃなくて、とにかくちがうの。考えてみなさいよ。たとえば、青色の部屋にある鏡は何色に見えると思う？　青色でしょ？　黄色の部屋なら黄色がうつって、鏡は黄色に見える。

ジン　　でも、銀は鏡に似てるし。

キティ　ちがうちがう。たぶんそれは、周りのものがよくうつる銀色のものを思いうかべてるだけ。それを言うなら、よくうつる金色の鏡だって、赤色や青色の鏡だって作れるわ。

ジン　　そう？

キティ　銀色はちがう。よく聞いて、説明するから。

「鏡は光を反射する道具よ。鏡が実際のものをそっくり、正確にうつし出すってことは、すべての光を反射してるってことでもあるの。光がいろんな色からできてることは知ってるわよね？　ふつうは白く見えてる光でも、プリズムを通してみると、いろんな色がふくまれてることがわかる。ひとつひとつの色の屈折する角度、つまり、光がレンズに当たって折れる角度がちがうから、あたしたちはプリズムを使って虹を見られるってわけ。

　赤い花を見て赤色だとわかるのは、赤い花が赤色の光だけを反射して、残りの色を吸収しているからよ」

ジン　ずいぶんややこしい説明だなあ。要は、赤色は赤色だけ反射するってことだよね？　それで、鏡は？

キティ　鏡はすべての色を反射する。あたしたちは鏡を通して、どんな色でも見られるでしょ。

ジン　となると、鏡は何色なんだろう？

「科学的に言うと、かんぺきな鏡はすべての色をかんぺきに反射する。だとしたら、それは白色に近いでしょうね。すべての色の光を合わせると、白色になるから。でも、この世にかんぺきな鏡はない。どんな鏡も、ほんの少しずつ光を吸収するの。

　見て。これは鏡のトンネルよ。鏡の向こうの鏡、その向こうの鏡、そのまた向こうの鏡って具合に見ていくと、鏡が少しずつ暗くなってるでしょ？　それは、光が少しずつ吸収されてるからよ。でもよく見ると、ある色だけは少しだけ反射してるのがわかる？鏡のトンネルをようく見て。暗くなるにつれて、どんな色をふくんでるか」

これは鏡のトンネルを実際にとった写真よ。

© ChulHyunAhn

ジン　　緑色かな。

キティ　緑色？　それでいい？

ジン　　うん。緑色に見える。だんだん緑色になりながら暗くなって
　　　　てる。

キティ　そう？　それじゃ、答えを言って。

ジン　　正解は、緑色！

ピンポン。
正解です。

鏡の世界のフランス、
ベルサイユ宮殿に移動します。

　やったあ！　正解だ。ぼくはよろこびの声を上げながら、キティ
をだきしめて飛びはねた。

ジン　でもさ、そんなに科学にくわしいのに、どうして正解がわ
　　　からなかったの？

キティ　え？　そりゃあ……わからないことだってあるわよ。

ジン　変だな。そこまで物知りなのに、答えを知らないなんて。
　　　もしかして……、色が見えないんじゃない？　白と黒しか
　　　見えないとか？

キティ　そこまでじゃない！　少し見えない色があるだけよ。

ジン　やっぱり！

キティ　あたしだけじゃない、ネコはみんなよ。イヌだって！

ジン　イヌもネコも、白黒しかわからないんだね。

キティ　ちがうってば！　イヌもネコも、いくつかの色がわからな
　　　いだけ。

ジン　わかった、わかったよ。そんなにおこらなくても。

　ぼくは笑いをこらえながら、キティの頭をなでてやった。キティ
はしばらくすねていたようだけれど、すぐにきげんを直した。ふ
たりとも、そんなことより、エレベーターのクイズがとけたこと
がうれしすぎたからだ。

エレベーターが「ブーン」と音を立てて動きだし、間もなくドアが開いた。エレベーターを降りると、目の前に大きな庭園が広がっていた。そしてその向こうに、写真で見たことのあるベルサイユ宮殿が見えた。

「『鏡の間』はきっと宮殿の中だよ。行こう、キティ！」

「ええ！　あ、待って、あぶない！」

　キティのさけび声を聞いて、ぼくはあわてて足を止めた。次の瞬間、つま先のすぐ先にあったレンガの石だたみがガラガラとくずれ、黒々とした穴に吸いこまれていった。

「うわっ！　何だこれ！」

「穴よ！　地面がくずれ落ちてる！」

　そう言われてあたりを見回すと、植木の合間にボコボコと開いた穴へと、草花や土が少しずつくずれ落ちていくのが見えた。アリやアオオサムシなどの小さな虫も、いったん土といっしょに吸いこまれれば最後、二度とはい上がれないようだった。そういえば、庭園の草花や木はどれも元気がなく、すでにかれてしまったところには、もれなく深い穴が開いているようだ。ぞっとした。鏡の世界は本当にほろびかけているのかもしれない。

「助けてくれえ！　だれか、だれかいないか？」

　しげみのかげから人の声が聞こえた。

「だれかいるみたい！　行ってみよう」

キティとぼくは、しげみの向こうをのぞいてみた。そこにはいっそう大きな穴があり、そのへりに必死でしがみついている人がいた。ぼくたちは足元に注意しながら、急いでそちらへかけよった。周囲の土がパラパラとくずれつづけていて、ぼくたちまでいつ落ちるともわからなかった。

「キティ、ちょっとしっぽを借りてもいいかな」

　ぼくがキティをしっかりだくと、キティは穴に向かってだらりとしっぽをたらした。穴のへりにしがみついていた人はキティのしっぽをつかみ、じりじりと穴からはい上がった。

「だいじょうぶですか?」

　見ると、穴から出てきたのは小さな人だった。なるほど、だからぼくみたいな子どもとネコの力だけでも、どうにか救い出せたらしい。

ありがたや!
もうダメかと思ったよ。
おれはここの庭師だが、
きみたちは?

ぼくはジン。
おじいちゃんがなくした鏡を
さがしに来たんだ。
こっちはネコのキティ。

そうか、
会えてうれしいよ。
でも、鏡の世界は
もう終わりだ。

え？　どうして？

見てのとおり、こわれかけてるからさ。
あやうくおれも死ぬところだっただろ？
何をどうやっても、元どおりにならない。
だれかがここを破壊してるみたいだ。

99

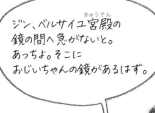

ジン、ベルサイユ宮殿の
鏡の間へ急がないと。
あっちよ。そこに
おじいちゃんの鏡があるはず。

え？　そうなの？

鏡の間へ行く道は
すっかりくずれちまった。
もう終わりさ。

そんな！
おじいちゃんの鏡は
どうなるの！

　小さな庭師はさびしそうに空を見上げていた。ぼくまで、世界
が終わりそうな気分だった。そうするあいだも、鏡の庭園がこわ
れていく音がひびいてきた。おじいちゃんの鏡は見つからず、お
じいちゃんが帰ろうとしている鏡の世界も終わりかけていた。

そのとき、ピンと頭にうかぶものがあった。ぼくは、音の鏡の前でおばあさんにもらったきんちゃく袋を取り出した。

「ぼく、花をさかせられます。鏡の模様の花を」

「何だって？」

「やらせてください！」

　庭師とキティは、きょとんとした顔でぼくを見つめた。じつは、ぼくだって自信があったわけじゃない。でも、おじいちゃんが帰りたがっている鏡の世界がこわれるのを、だまって見ているわけにはいかなかった。ぼくは何のためにここに来たのか。そう、すべてはおじいちゃんのため。それなのに、手ぶらで帰るわけにはいかない。鏡の世界はほろびてしまっただなんて、言えるわけがない。何でもいいから、自分にできることをやるんだ。

「音の鏡の前で、おばあさんに会ったんです。そのおばあさんに、これをわたされました。鏡の庭園に行って、これで花をさかせろって。そうすれば、鏡の世界を元どおりにできるって」

　思わず声に力がこもっていた。

「それって……？」

　ぼくはきんちゃく袋を開けて、庭師に中のものを見せた。小さくてとうめいな、きらきら光るガラスのつぶ。

「これで花をさかせるですって？　ただのガラスじゃないの。それも、いくつもないみたいだし」

キティが拍子ぬけしたように言った。

ジン　　だいじょうぶ、答えに近づいてる気がするんだ。ねえキ
　　　　ティ、万華鏡って知ってる？

キティ　万華鏡？　望遠鏡みたいな筒の中をのぞくと、きれいな模
　　　　様が見えるあれのこと？

ジン　　それそれ。万華鏡をのぞくと、花がさいてるように見える
　　　　だろ？　あのときおばあさんに言われたんだ。同じ模様の
　　　　花をたくさんさかせるようにって。最初はちんぷんかんぷ
　　　　んだったけど、いまはその意味がわかる気がする。

キティ　つまり、万華鏡で花の模様を作ろうってわけ？

庭師　　でも、そのガラスのつぶと万華鏡と、どういう関係があるっ
　　　　ていうんだ？

ジン　　あの、どこかに鏡はありませんか？

庭師　　あるも何も、ここは鏡の世界だ。そこらじゅう鏡だらけだ
　　　　よ。どんなやつがほしいんだ？

ジン　　同じ大きさの、縦長の鏡を3枚用意してくれれば、万華鏡
　　　　を作ってみせます。

キティ　本当に作れるの？

ジン　　うん、まかせて。鏡とこのガラスのつぶさえあれば、いく
　　　　らでも！

万華鏡をつくって花畑をかこう

用意するもの

付録の鏡シート
9×12cmくらい

とうめいのプラスチック
コップ（小）2こ

① 鏡シートを切って、同じ大きさの
長方形を3枚作る。（1枚3×12cmくらい）

② 裏面をテープでとめて、
三角柱を作る。

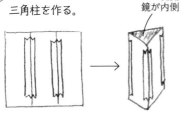

鏡が内側

③ プラスチックコップ1個のふちを、
油性ペンでカラフルにぬる。

かわいたら、
はさみでふちを
細かく切る。

④ もうひとつのコップに、③で切った
色のかけらを入れる。

⑤ ③でふちを切りはなしたコップの下部を
④の中に入れ、②の三角柱を入れる。

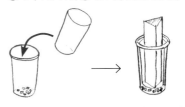

⑥ 三角柱を持って、鏡の中をのぞきながら、
コップをゆっくり回す。

のぞく

底を明るいほうに
向けて見てね。

⑦ 色とりどりのふしぎな模様が見えるよ！

三面からなる鏡が反射し合い、たくさんの模様を生むよ。
自分で作った万華鏡の模様を、ここにかいてみよう。

　そうしてできあがった万華鏡にひとすじの光が差しこむと、お
どろいたことに、庭園に花がさきはじめた。たくましい地面がよ
みがえり、草木の根が元気を取りもどすとともに、その上に元ど
おり道ができた。まるで魔法のようだった。

「鏡の庭園がもどってきたぞ！」

　小さな庭師はうれしそうにさけび、地面に手をついてひょいひょいと回転した。

「これで宮殿に入れるわ」

　キティもよろこんでいた。ぼくは万華鏡を庭師にわたした。庭師は万華鏡を手に、ぴょんぴょん飛びはねながら庭じゅうに花をさかせていった。

「ありがとう！　これからいそがしくなりそうだ。このだだっぴろい庭園をすっかり元どおりにしなきゃならないんだから。きみたちの幸運をいのるよ。おじいちゃんの鏡が見つかるようにって！」

　ぼくとキティは、庭師に手をふり、元どおりになった道を歩いて宮殿に向かった。

おうめんきょう　とつめんきょう
| 凹面鏡と凸面鏡 |

かがみ
鏡の中の人たち

「何者だぁ、どうしてここにいるんだぁ？」

きゅうでん
　うかれながらベルサイユ宮殿に入っていったキティとぼくは、
だれかの声を聞いた。どこから聞こえてくるのかあたりを見回し
てみても、すがたは見えない。キティもおっかなびっくりという
顔で言った。
「そっちこそだれなの！」

あっ！

109

次の瞬間、さかさまになってぷかぷか宙にうい
ている幽霊が見えた。キティとぼくはだき合って
ブルブルふるえた。

「おやン、鏡の世界の子じゃないようだ。この
くらいでおびえてるところを見ると」

　おそろしくてぎゅっとつぶっていた目をそろ
そろ開けると、目の前にぽこんとおなかのつき
出たおじさんがいた。

「どちらさんだぁい？」

　宙にういている細長い幽霊が、小太りのおじさん
のそばに来て言った。

「ぼ、ぼくたち、音の鏡の前にいたおばあさんに
たのまれてここへ来ました。あと、おじいちゃん
の鏡を見つけたいんです」

　どうにか気を落ち着かせようとしたけれど、
ぼくの声は子ヤギのようにふるえていた。

「音の鏡？　ハハン、鏡の世界の入り口を守っ
てるおばあさんのことか」

　おなかのつき出たおじさんが言った。

「鏡の世界の……入り口？」

　体のふるえが止まらなかった。

110

「いいカン。元はあそこも、のんびりし
たおだやかな場所だった。仕事といえば、
こっちの世界に遊びに来た人をチェックす
るくらいのもんでな。ところがある日、
鏡の世界を破壊するやつが現れた。そこ
であのおばあさんが、入り口を守るよう
になったのさ」

「鈴の音が聞こえないかたずねていたのは、
そういうわけだったのか。おばあさんが言うには、鈴をつけて
る怪物をつかまえなきゃならないって！」

　ぼくはいまになってようやく、おばあさんの言ったことに合
点がいった。小太りのおじさんと幽霊みたいなおじさんへの恐
怖も、だんだんとうすれていった。

「ふむふむン、わたしもそう聞いてる。その怪物がどんなすがた
をしてるのかは知らないけど、鈴の音がするのはたしからしい。
鈴の音を立てるやつを見つけたら、ひとひねりにしてやるさ」

　おじさんはつき出たおなかをぎゅっとつかんで言った。

「ところで、おじさんたちはだれなの？」

　ぼくは、いまだに宙づりのままぼくたちの会話を聞いている、
細長いおじさんに目をやりながら聞いた。

「うん？　わたしたちはぁ……、

凸(デコ)と凹(ボコ)、鏡の中の住人さぁ」

　宙(ちゅう)にうかんでいた細長いおじさんが、とつぜんすうっと近づい
てきて言った。ぼくはもう少しで腰(こし)をぬかすところだった。
「きみン、遊園地に行ったことは？」

　小太りのおじさんが言った。
「え？　ありますけど……」

　ぼくは、ハッと正気に返って答えた。
「遊園地にねぇ、ミラーハウスとかってやつが、あるだろぉ？
そこに入ってみたことはぁ？」

　今度は宙(ちゅう)にういているおじさんが聞いてきた。
「あります。背(せ)がちぢんで太って見えたり、背(せ)がのびて細く見え
たり……」
「そう、それだン。わたしは凸面鏡(とつめんきょう)」

　おなかがつき出たおじさんが言った。
「わたしはぁ、凹面鏡(おうめんきょう)」

　開いた口がふさがらなかった。でも、そうか……ここは鏡の世
界だった！　それにしても、凸面鏡(とつめんきょう)と凹面鏡(おうめんきょう)の住人だって？

デコ　ほらン、道路で、目では見えない角度まで見せてくれる大
　　　きな鏡を見たことはないか？
　　　あれが凸面鏡さ。サイドミラーとよばれる、自動車の横
　　　についてるのもそう。エレベーターや店内
　　　をすみずみまで見わたせるように、かべ
　　　のすみについてる凸面鏡もある。

「うん、見たことあるよ。あれで見ると、すみっこまでよく見
えるんだよね。本来は見えないところまで鏡の中におさまるぶ
ん、全体が小さくなってうつる、それが凸面鏡だよね！」
　ぼくが言った。

スプーンの表側は凹レンズだよ

ボコ じゃあ、凹面鏡も知ってるかなぁ？　凹面鏡は、凸面鏡の反対。凹面鏡を通して見たわたしのすがたがこれさぁ。長くて細いだろぉ？

「でも、どうしてさかさまなの？」

　ぼくはもう、さかさまのおじさんがこわくなくなっていた。

ボコ 凹面鏡は、鏡の間近にいればそのままうつるけど、はなれると鏡の中の上下がひっくり返るんだぁ。距離で上下が変わるなんてふしぎだろぉ。

「ほんとにふしぎ！　光と鏡のいたずらってわけだね」

スプーンの裏側は凸レンズだよ

　ぼくは、デコさんとボコさんを交互に見ながら言った。

「ほほン、かしこい子だな。きみ、ひょっとして、ちょっと変わった魔法使いのじいさんを知らないか?」

　デコさんが思い出したように聞いた。

「それ、うちのおじいちゃんです。さっき言ったように、ぼくは、おじいちゃんがなくした鏡をさがしにここに来たんです」

「ハハン、どうりで。よく似てるから、さっきから気になってたんだ。鏡の世界についてよく知ってるのは、そういうわけか。さあん、握手だ。かんげいするよ」

　デコさんがすっと手を差し出した。ぼくもうれしくなって手をのばしたはいいものの、うまくにぎれなくてジタバタした。何かがおかしかった。おじさんの手が、思ったよりずっと近くにあったのだ。手をにぎろうとしたのに、もう少しでおじさんのひじを

115

つかむところだった。

「凸面鏡は実際より遠く見えるんだよ」

デコさんが、よくあることだというように、笑って説明してくれた。ぼくもまた、てれくさい気持ち半分、その笑顔がありがたい気持ち半分で笑い返した。

「ところで、おじさんたちはここで何をしてるの？」

ぼくはまじめな顔になって聞いた。

「ううん？　わたしたちはここの番人だよ」

「番人？　ここはどういうところなんですか？」

ぼくはあたりをキョロキョロ見回しながら聞いた。

「どこって、鏡の間さぁ」

ボコさんが宙づりのまま言った。

鏡の間？

エレベーターで
ここに来たいと
言ったんじゃ？

「あ！　そうか……ここが鏡の間なのか。はい、フランス、ベルサイユ宮殿の鏡の間に行きたいって言ったんです。でもそれは、キティにそう言えって言われ……」

　ぼくはちらっとキティのほうをうかがった。キティの言葉をそのままエレベーターに伝えただけだったから、何かしら説明してくれるんじゃないかと。ところが、キティは鏡の前で前足をなめたりひげを整えたりと、元の世界でよく見るネコのまねをしている。まったく、かんじんなときにこうなんだから！

「キティ？　あのとろそうなネコが？　ほほン、おかしなこともあるもんだ。なんにせよ、ここには世界中のありとあらゆる鏡がそろってる。鏡の世界のベルサイユ宮殿だからな。ベルサイユ宮殿には『鏡の間』ってのがある。鏡にかこまれた、とびきりごうかな部屋さ。それにしてもそちらさん、鏡の世界はおろか、ベルサイユ宮殿と鏡の間についてもさっぱり知らんようだな。いったい、ここで何をしようとしてる？」

「だからその……おじいちゃんの鏡をさがしに来たんです」

　ぼくは蚊の鳴くような声になって言った。

「おやおやン、あやしいぞ。あやしい小僧と、とろいネコか」

「それって、あたしのこと？」

　キティは前足をなめてから顔をふいて、背のびをしながらゆっくりと起き上がった。そして、物知り顔で説明しはじめた。

「ベルサイユ宮殿は、フランスのパリから南西へ20キロほど行ったところにあるの。パリがフランスの首都ってことは知ってるわよね？　フランスの人たちは場所や地域を説明するとき、パリからどれくらいはなれたところにあるかを基準にする。正確にいうと、パリにあるノートルダム大聖堂からの距離をね。ベルサイユ宮殿は、ノートルダム大聖堂から20キロのところにあるの」

ノートルダム大聖堂、写真で見た気がする。
ところで、ベルサイユ宮殿って
どんな建物だったっけ？

「フランスについて調べたことがあるなら、ベルサイユ宮殿の話も聞いたことがあるでしょ、とっても有名だから。ベルサイユ宮殿は、1789年にフランス革命が起きるまで、王様とその家族が住んでいた場所。宮殿の建設は1623年に始まったんだけど、少しずつ規模を大きくして、1710年にいまのすがたが完成したの」

300年以上も前に建てられたんだね。
ということは、
鏡の間も300歳以上ってこと？

「ルイ14世が鏡の間の建設を命令して、工事が始まったのが1678年。ベルサイユ宮殿の建設が始まったのが1623年だから、何年後にスタートしたことになるんだっけ？　あなた、ひき算は得意？」

1678から1623をひくだけ
じゃないか、かんたんだよ。
ええと、ごじゅう…ごじゅう…。

「つまり、55年後に鏡の間をつくりはじめたの」

いま計算してたのに！

デコ おいおいン、とろいやつだなあ。そちらさんのネコよりとろいじゃないか。

ジン そんな……！

ボコ しずかにしてくれよぉ。話の続きを聞こうじゃないかぁ。

とにかく、ここははじめ、王様が使う北の建物と、王妃様が使う南の建物をつなぐテラスだったの。雨風も防げないテラスなんていらないと一度は取りこわそうとしたんだけど、1678年から改築が始まった。そして1684年に、この鏡の間が完成したのよ。

7年かかったのか。

バカ、6年よ。

いいから続きを話してくれよぉ。ほら、早くぅ。

フゥ。とにかく、鏡はむかし、すごく高価なものだったの。その鏡作りの技術を、いまはイタリアの一部になってるけど、当時は独立したひとつの国だったヴェネツィアが独占していた。つまり、ヴェネツィア以外の国はまともな鏡を作れなかったのよ。

当時のフランスは、自国の経済を第一に考えて、ベルサイユ宮殿には国内で作られる
ものだけを取り入れるようにしていた。ところが、ヴェネツィアの鏡を見たフランスの人たち
は、ベルサイユ宮殿に鏡を取り入れたいと考えたの。でも、ヴェネツィアの鏡を買うわけ
にはいかない。そこで、ヴェネツィアの技術者をそそのかして、フランスに連れ帰ったのよ。

121

デコ 　へえン。おもしろいなあ。

ジン 　初めて聞いたの？　ボコさんも？

ボコ 　そんなことないけど、話がおもしろくてぇ……。

キティ 知ったかぶりもいいとこ！

デコ 　フフン。でも、さすがにこれは知らないだろう。鏡の間に
　　　は、17個のアーチがある。どのアーチにも鏡がついてて、
　　　それぞれが17個のまどをうつしているんだ。ここでポイ
　　　ントは、まどと鏡の形がそっくりってことさ。

ジン　まどと鏡がそっくりの形をしてて、それが鏡にうつったら……鏡はまどみたいに見えるだろうね。

デコ　ほほん、思ったよりかしこいじゃないか。そう。回廊をはさんで一方はまど、一方は鏡なんだが、鏡がまどを反射してるから、両側がまどみたいに見える。そして、まどの外には宮廷の庭があるだろう？　当然、まどをうつす鏡にも同じ庭がうつってるってわけさ。

ジン　ぼく、本当に両側にまどがあるのかと思ってた。

ボコ　ベルサイユ宮殿のじまんは何といっても庭園だからなぁ。それを宮殿の中にも取り入れたかったんだろうねぇ。

デコ　いかにもン。それぞれのアーチは21枚の鏡からなってて、アーチは17個あるから……。

キティ　鏡はぜんぶで357枚ね。

ボコ　どうしてわかったのぉ？

キティ　フン！

デコ　21に17をかけたのサン。

ボコ　計算が早いなぁ。

ジン　キティ、かけ算もできるの？　ぼくはまだ途中だったのに。

デコ　とにかくン、ぜんぶで357枚の鏡が使われてるってこと。

ジン　すごい量だね。どうりでごうかだと思った。

「ごもっとも、とってもごうかよね。でも、ごうかなことは、かならずしもいいことじゃない」

なぜ？

「よく考えてみて。王様や貴族だからって、ごうかなくらしをするのは当然だと思う？」

一国の王様だよ？

「国を統治してる王様だからって、ごうかなくらしをしてもいいの？」

統治は大変だもん。

「大変なのは、農民や軍人、医師、学者も同じでしょ？」

よくわからなくなってきた。

「王様や皇帝、大統領はみんなを代表して国を治めているわけだから、もちろん重要な役割といえるわ。それに見合うくらしがあって当然だし。でも、考えてみて。重要な役割をつとめてるってことは、重要なことを決める権利があるってことで、それだけ多くの力を持ってるってことでもある。じゃあ、生まれながらにそういう権利や力を持ってるとしたら？」

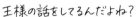
王様の話をしてるんだよね？

「ええ、そうよ。王様や皇帝、貴族は、生まれながらにしてそういう権利や力を持ってるでしょ？　でも、それって裏を返せば、どんなに一生けんめい働いても絶対に力を持てない人がいるってことよね。王様の子どもや貴族に生まれたからお金と人を支配できるってことは、反対に、身分の低い生まれの人は死ぬまで貧しいといってるのと同じ。学ぶチャンスもないまま、人にこき使われるだけ。それって、不公平だと思わない？」

そのための民主主義じゃないの？
投票で大統領を選んだり……。
何でこんな話になったんだっけ？

「この鏡の間も、王様が自分の力にものをいわせてつくったものだって話をしたいのよ」

そうか、やっとわかった。
この鏡の間も、美しいだけの
場所じゃないってことだね？

「そう。だからフランス革命後、王様はここを使えなくなった」

フランス革命って？

「フランス革命は、王様や貴族に生まれたという理由でお金や人を支配できるのは不公平だという考えから、そういう点をあらためるために起きた運動のことよ。フランス革命をきっかけに、王様はベルサイユ宮殿でのごうかなくらしを続けられなくなった」

ボコ　へえぇ、そうだったのかぁ。

デコ　むむン、ネコのくせに、えらく物知りだな。

鏡の遠近法

ひみつの塔がある場所

「ところでン、おふたりさんはどういう関係？」

　デコさんがぼくに聞いた。

「キティはおじいちゃんの飼いネコです。家族も同然の」

「それが本当なら、信じてよさそうだぁ」

　ボコさんがほっとした顔で言った。それから、こう続けた。

「じつはねぇ、ここは、そっちの世界にあるベルサイユ宮殿の鏡の間とそっくりにつくられた、鏡の裏側の世界なんだぁ。ほらぁ、見てごらん。鏡ごしにあっちの世界が見えるだろぉ？」

　早くその先を説明したいのか、ボコさんはうずうずしている。

「ほんとだ、すごい！　あっち側に、観光客みたいな人たちがたくさんいる。鏡というより、まどを見てるみたいだ」

　なんともふしぎな光景だった。

「そうだろぉ？　本当はあの人たちだって、鏡にうつった自分たちのすがただけじゃなく、こっちの世界のすがたも見られるはずなんだ。この部屋は、わたしたちがふたりで、ていねいにていねいに作り上げたんだよぉ。なのに、あの人たちは鏡にうつる自分ばかりに気を取られててさぁ。鏡の中の世界の左右が逆になってたり、上にあるものが下にあったりしても、ちっとも気づかないんだよぉ。わたしたちだって、たまにはまちがえることもあるからねぇ。どんなにそっくりに仕上げようとしても、ときにはミスだってするさぁ。でも、だれひとりそのことに気づかない。きっと、自分が見たいものだけを見てるからだろうねぇ」

　ボコさんは、どこかしょんぼりした声で言った。デコさんが話を続けた。

「うむうむン。わたしたちは、人々がなくした鏡をここに運ぶんだ。言ってみれば、忘れ物センターみたいなものかな。ところがみんな、自分が鏡をなくしたことにさえ気づかない。中には、それが鏡の世界への通路だってことにも気づかないまま、捨てちまう人もいる。わたしたちは、そうして忘れられた鏡をここに集めてるんだ。あっちの世界と鏡の世界がまたつながることを願いながらねン」

「いつか、鏡の世界の存在に気づいたらぁ、みんなここに、自分の鏡をさがしに来るはずだよぉ」

ボコさんが、デコさんをなぐさめるように言った。

「じゃあ、ぼくのおじいちゃんがなくした鏡も、ここに？」

　ぼくは、はやる気持ちをおさえながら聞いた。

「おそらくはねぇ」

　ボコさんが言った。

「いっしょにおじいちゃんの鏡をさがしてくれませんか？」

「いや、それはむりだぁ」

　ボコさんがきっぱり答えた。ぼくは、どうして、という思いで
涙<ruby>涙<rt>なみだ</rt></ruby>がこぼれそうになった。ぼくの気持ちを察<ruby>察<rt>さっ</rt></ruby>したのか、デコさん
がぼくを気づかうように言った。

「正しくはねン、わたしたちも知らないんだよ。ここには数えきれないほどの鏡があって、見つけ出すのはとうていむりだ」

「鏡の間にあるのは357枚でしょう？　それくらいならさがせるんじゃ？」

「それはン……鏡の間にある鏡の数だよ。ベルサイユ宮殿の裏に広がる村全体が、忘れられた鏡でいっぱいなんだ。ほらン、あそこに見える建物ひとつひとつが、鏡でいっぱいなんだよ」

　デコさんの言葉に、ぼくはガクリとうなだれた。ああ、どうしよう？　これじゃお先真っ暗だ。

「それでも、方法がゼロってわけじゃないでしょう!?」

　だまって聞いていたキティが、腹立たしげに問いただした。

「ああン、どんな鏡をどこにしまったかは、記録してあるよ」

　デコさんが言った。

「魔法使いのじいさんの鏡がどんなだったかは、ちゃんと覚えてるよぉ。ええと、それを保管してるのは……ここだぁ」

　ボコさんがノートを持ってきて見せてくれた。そのうちの1ページには、通りや軒をつらねる家々、いくつかの塔がかかれていて、ある塔の上に「じいさんの鏡」と記されていた。

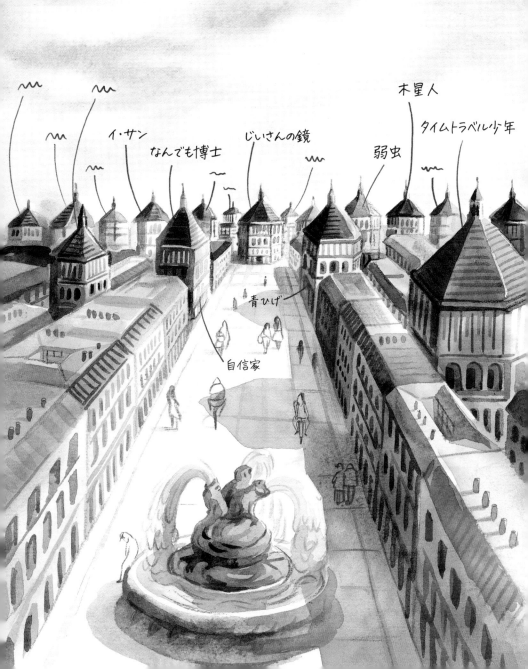

「この形の塔をさがせばいいんだね」
　ぼくはうれしくなって、絵の中の塔を必死で目にやきつけた。それから、同じ塔をさがそうとまどのほうをふり向いて、あっと声を上げた。似たような形の塔がそこかしこにあったからだ。
「同じような塔がこんなにたくさん……どうしよう？」
「ほかの絵も見てみるといい。塔の形は似てても、大きさはちがうだろぉ？　この大きさがヒントさぁ」
　ボコさんがほかの絵を見せてくれながら言った。でもぼくは、頭がパニックになっていた。
「絵だけじゃ、よくわからないよ。いったいこの絵の何がヒントだって言うの？」
「いいかン、村の入り口に行くと、『目の位置』と書かれた印がある。そこに立って、絵と見くらべるんだ」
　デコさんが言った。
「ちょっと！　似たような塔が山ほどあるって言ってるの。たしかに、ここにかかれてる塔はそれぞれ大きさがちがうけど、ひとつずつ物差しではかるわけにもいかないんだし、どうやって見つけろっていうのよ？」
　キティがいらいらしながら口をはさんだ。ぼくが続けた。
「ひとまず、手あたりしだいに塔に入ってみるしかなさそうだ。早く見つけたいけど、仕方ない。片っぱしからさがしてみよう」

ダメだ！

デコさんとボコさんが同時にさけんだ。とつぜんのことに、ぼくは目をしばたたくばかりだった。

「そんなにかんたんな問題じゃない。鏡にさわっていいのは、忘れ物の持ち主か、持ち主が決めた代理人だけだぁ。もしもそれ以外の人が鏡を持ち去ったら、そのたびに鏡の世界への通路がひとつずつふさがってしまうんだよぉ」

「むむン、手あたりしだいに塔に入って何が起こるかは、わたしたちにも保証できない」

ボコさんとデコさんが立て続けに言った。

137

「じゃあこれも、ここまでといてきたパズルみたいなものなんだね。問題をといて、あてはめなきゃいけないパズル」

　ぼくは、またもやむずかしい問題と向き合うことになった。まだ、どうとくかはピンとこなかったけれど、ここまでちゃんと答えを当ててきたのだ。今度もきっとできるはずだと気を引きしめた。でも、それもつかのま、さっきのパニックがもどってきた。いったい、何をどうしたらいいんだろう？

「絶対、絶対にまちがうなよぉ」

　ボコさんがぼくに言い聞かせるように言った。

「デコさん、ボコさん、ぼくらといっしょに来てくれませんか？」

　ぼくは両手を合わせて必死にたのんだ。なんとかしなければと、あせっていた。

「うむむン、悪いな。われわれもここをはなれるわけにはいかないんだ。鏡をさがしに来る人がいるかもしれないからな。これもまた、鏡の世界を守るため。勝手に鏡をさわられて、鏡の世界への通路がふさがってしまったら元も子もないだろう？　きみがさがしてる鏡は、きみが自分で見つけるしかないんだ」

　デコさんが気の毒そうな顔で言った。

「いっしょに鏡をさがしてあげることはできないけど、ヒントはあげられるよぉ。ブルネレスキの遠近法を知ってる？　鏡の世界の住人ならだれでも知ってるんだけどなぁ。きみは、魔法使いの

じいさんの孫なんだから、ブルネレスキの遠近法を使って、鏡がどの塔にあるか当てられるはずだ。自分を信じるんだぞぉ」

　ボコさんは、ノートからおじいちゃんの鏡のページをやぶってくれた。ぼくはふるえる手でそれを受け取った。

「おやぁ、あれは……？　大変だ、音の鏡のばあさんが合図を送ってる。あれは、鏡の世界を破壊しようとするやつが近くにいるって知らせてるんだぁ。急げ、急げぇ！」

　ボコさんがぼくたちの背中をおした。

「音の鏡のおばあさんが？　急がないと！　キティ、行こう！」

　ぼくはすぐにかけ出そうとした。

「おっとン、忘れるところだった。これを！」

　デコさんに鏡をわたされた。よくあるふつうの鏡だったけれど、何か重要なアイテムにちがいない。

「急いで！」

　キティはすでに走り出していた。ぼくもあわてて、鏡とノートの切れはしを手に、あとを追った。村の入り口に到着するころには、息が切れはじめていた。ずいぶん遠く思えたのに、あっという間に目の前まで来ていた。通りをはさんで、似たような塔がならんでいる。

キティ　何か思い出さない？

ジン　　全然……。

キティ　おじいちゃんから聞いてるはずよ！　よく考えて！

ジン　　さっき、デコさんが言ってた……ええと、ブルネ……。

キティ　**ブルネレスキ！**

ジン　　わかってるよ。ああ、鼓膜がやぶれるかと思った。

キティ　まったく、こんなことで鏡を見つけられるのかしら。

ジン　　おじいちゃんというより、お母さんから聞いた気がするん
　　　　だ……ブルネレスキ……ブルネレスキ。あ、そうだ！　思
　　　　い出したよ。

キティ　何？　何を？

ジン　　絵をかくときのテクニックのことだよ、遠近法っていうの
　　　　は。遠くにあるものは遠くに、近くにあるものは近くにあ
　　　　るようにかく技なんだ。その遠近法っていうテクニックを
　　　　発明したのが、ブルネレスキじゃなかったかな。でも、く
　　　　わしいことまでは覚えてないなあ。

キティ　実際にやってみれば思い出すわよ。

ジン　　むかし、イタリアにブルネレスキっていう人がいて、フィ
　　　　レンツェに有名な大聖堂を建てたんだって。でも、ブルネ
　　　　レスキは建築以外のこともたくさん手がけたから、建築家
　　　　よりもデザイナーとよぶにふさわしいって、お母さんが
　　　　言ってた。

キティ　ブルネレスキは1377年から1446年まで生きたのよね。

ジン　え、知ってるの？

キティ　まあ、少しは。

ジン　それならこの問題もといてみてよ。

キティ　あたしが知ってるのはそれだけ。遠近法を発展させた人ってことまでよ。

ジン　発展？　発明じゃなくて？

キティ　ええ。遠近法を使ってかく方法は、むかしからあったわ。距離や奥行き、遠くにあるものを表現する方法はちゃんとあった。でも、ブルネレスキは線を使った遠近法に発展させたのよ。

線路を目で追うと、ずうっと先でひとつになってるでしょ？

そういうふうにかくのが、線を使った遠近法なの。実際にはちがうけど、遠くにあるものを表現しようとすると、そうなる。遠ければ遠いほど、小さく、せまくなっていくのよ。

ジン　うん、だんだん思い出してきた。ブルネレスキは、遠近法を使って絵をかいたあと、正確にかけてるかをたしかめるために、鏡にうつして実際の建物とてらし合わせたんだって。鏡にうつったものと実際に見えるものが同じなら、遠近法をうまく使えたってことみたい。

キティ　じゃあ、あたしたちは反対に考えればいいんじゃないかしら？　絵を鏡にうつして、鏡にうつった塔と実際の塔の大きさが同じになる場所を見つけるのよ。

ジン　そうだね。でも、鏡にうつす方法は？　どうやってたしかめればいいんだろう？　角度も全然合わないし。絵と鏡が向かい合わせになってて、鏡がまともに見えないよ。

キティ　そうね。じゃあ、こうしてみたらどう？　絵の中心に穴を開けるのよ。

ジン　え？

キティ　そうすれば、その穴から鏡を見られるでしょ。

鏡とブルネレスキの遠近法

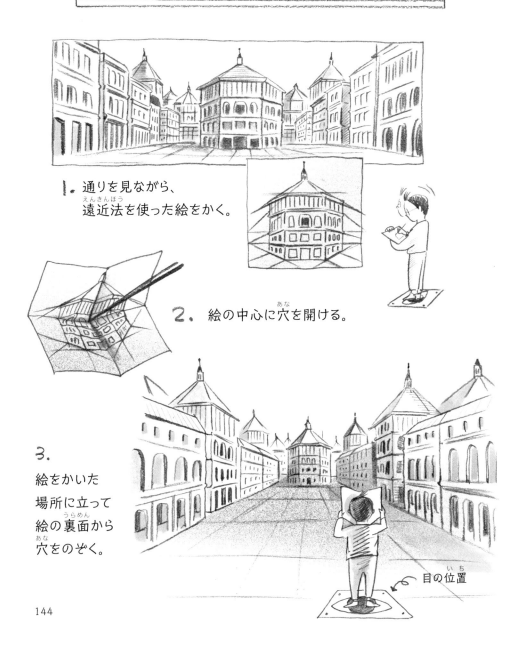

1. 通りを見ながら、遠近法を使った絵をかく。

2. 絵の中心に穴を開ける。

3.
絵をかいた
場所に立って
絵の裏面から
穴をのぞく。

目の位置

4. 手鏡を自分のほうに向けて
そこにうつった絵を見る。

鏡にうつった絵

5. 実際の風景と、鏡にうつった絵を
合わせる。鏡の中の絵と
実際の風景がぴったり合えば、
遠近法は成功だ!

鏡にうつった絵と
実際の建物の大きさが
同じならOK。

ぼくは、キティに言われたとおり、絵の真ん中に穴を開けた。これで、ちゃんと鏡が見えるようになった。村の入り口にあった「目の位置」の印に立ってあたりを見回していった。

　そしてとうとう、鏡にうつる塔とぴったり同じ大きさの塔を見つけることができた。

　塔の扉が、ぼくたちを待ちかまえていた。だれに言われるでもなく、ぼくとキティは先をあらそうようにその扉をくぐった。

| ゆがんだ鏡と絵 |

イヌとネコのひみつ

　扉を開くと、かべいっぱいに鏡がかかっているのが見えた。それでも、ぼくにはすぐにわかった。絶対に忘れることのない、おじいちゃんの鏡はどれか。

　ぼくは気をつけながら、おじいちゃんの鏡をかべからはずした。

キティ　さ、ここからは鏡をあたしにまかせて。安全のために。

ジン　ダメだよ。おじいちゃんの鏡は、ぼくが持ってる。

キティ　フン、わかったわ。でも、気をつけてよ。さてと、この先はあたしについてきて。元の世界への近道を知ってるの。

ジン　キティって、なんだかふしぎだね。まるで、すべてのパズルのとき方を最初から知ってるみたい。

キティ　でも実際にといたのはジンでしょ。あたしにはむりだったもの。

ジン　そりゃあ、最終的にはぼくがといたんだけど。でもさ、キティはまるで、どんな問題が出るのか知っていて、どうやってとくのかも知ってるみたい。

キティ　それはあたしがかしこいからよ。

ジン　うん、そうだね。みとめるよ。でも、正解を当てたのはやっぱりぼくだよね。

キティ　だからそう言ってるじゃない。けっきょく、問題をとくのはあなた、おじいちゃんの鏡を見つけられるのもあなたなの。ほかの人じゃダメなのよ。このあたしでもね。

ジン　うん。でも、忘れ物は、持ち主か、その人が決めた代理人だけが持ち帰れるんだよね？　おじいちゃんはどうしてキティを代理人に、あ、代理ネコにしなかったんだろう？　なぜキティじゃなく、ぼくを鏡の世界に来させたんだろう。

キティ　どうせ、あたしひとりじゃ問題をとけなかったはずよ。だれかに手伝ってもらうんじゃなきゃ。

ジン　どうしちゃったの？　急にすなおになって。

キティ　フン、さっきまではおだててたくせに！

ジン　とにかく、きみってほんとにふしぎなネコだよ。

キティ　ふたりで力を合わせて問題をといたってことにしましょ。

ジン　そうだね、事実だし。

キティ　さ、行くわよ。

　ぼくとキティは村をぬけて、橋をわたり、森へ入った。日がくれたせいか、うっそうとしげる木々のせいかもわからなかったが、みょうにうす暗く、さびしい道だった。木の根っこや草やぶに足を取られないようしんちょうに進んでいくと、建物がひとつ見えてきた。キティが前足で建物を指しながら、ぼくを見てうなずいた。どうやらあの中に、家へ帰れる通路があるらしい。ぼくはうれしくなって、建物のほうへ走り出した。ところがそのとき、視界に何かがうつった。

ジン　うわ！　何あれ？

キティ　シッ！　あっちはまだあたしたちに気づいてないわ。

ジン　何だ？　イヌ、それともオオカミ？　なんて大きいんだ。

キティ　大きいけど、こわがらなくていいわ。あいつが守ってる建物の中に入りさえすれば、あたしたちは家に帰れる。

ジン　イヌだかオオカミだかもわからない化け物がいるのに、近づけないよ。おじいちゃんもここを通ったの？　あのおそろしい化け物を、どうやってさけて通ったんだろう？

キティ　心配しないで。うまく言いくるめればだいじょうぶよ。

ジン　あいつを言いくるめる？　あんなにおそろしい化け物は初めて見るよ！

キティ　聞いて。あいつはね、鏡の世界を破壊しようとしてる怪物と戦って、目をケガしたらしいの。それで、いまじゃ目がおかしくなってしまって、何もかもゆがんで見えるそうよ。

ジン　ゆがんで見える？

キティ　そう、すべてゆがんで見えるから、怪物を見分けることも
　　　　できなくなって、何でも攻撃するようになったらしいの。

ジン　　じゃ、ぼくたちにできることは？

キティ　あいつの目には、すべてが丸い筒にうつったときみたいに
　　　　ゆがんで見えるらしいから、反対に、丸い筒にうつったと
　　　　きにまともに見えるような絵をかいてあげるってのはどう
　　　　かしら。

ジン　　何を？

キティ　あいつの気に入りそうなものよ。たしか、6つの面の色を
　　　　そろえるキューブパズルが好きだったと思うけど。

ジン　　立方体のパズルのこと？

キティ　そう。

ジン　　よくそんなこと知ってるね？

キティ　ま、まあね。どこかで小耳にはさんだような……。

ジン　　へえ。とにかく、キューブをかいてあげれば、おとなしく
　　　　通してくれるってことだね？　よし、やってみよう。

キティ　でもジン、かき方は知ってるの？

ジン　　あいつの目には、丸い筒にうつったときみたいに見えるん
　　　　だよね？　かんたんだよ。円筒形の鏡を持ってきて、キュー
　　　　ブをうつす。それから、鏡で見たときに、立方体のキューブ
　　　　に見えるようにかけばいい。

「こんなふうに、鏡やレンズを使ってふしぎな絵をかく技法を、アナモルフォーシス（Anamorphosis）って言うんだって。鏡の役割をする丸い筒のほうにはふつうの絵としてうつるんだけど、平面、つまり紙にかかれたほうの絵を見ても、何がかかれているかはよくわからない。光がレンズを通過して像を結ぶとき、その像をきみょうな形にゆがませたりもするらしいよ」

キティ　じゃ、やってみましょう。

レンズを利用したアナモルフォーシス！
ゆがんだ絵を正常にもどすと
こうなるんだって！

超難問！アナモルフォーシスのかき方

① 半円形と格子をかく

方眼紙に、コンパスで中心が同じ等間隔の半円を9本かいて、
分度器で8等分する。その下に、じょうぎで8×8マスの格子をかく。

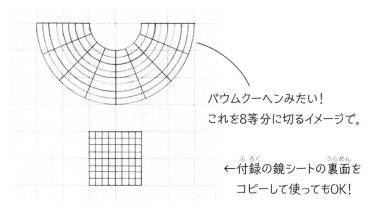

バウムクーヘンみたい！
これを8等分に切るイメージで。

←付録の鏡シートの裏面を
コピーして使ってもOK！

② 格子の中に立方体をかく

下の図のように、格子の座標に点を打ち、点と点を線で結ぶ。
1辺が5マス分になるようにかいてね。

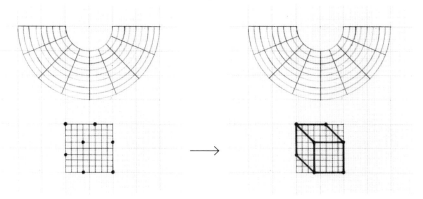

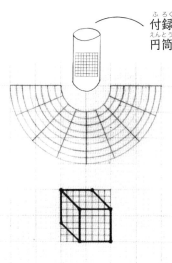

付録の鏡シートを切って、鏡が外側になるように丸め、円筒を作ったら、うしろ側をテープでとめる。

③ 鏡シートを円筒形に 丸めて置く

鏡シートを切って、筒になるように丸める。半円形の中心あたりに置いて、鏡にうつる格子がまっすぐ見える位置をさがしてみよう。

④ 鏡の中の格子に立方体をかく

②でかいた格子の立方体を参考にしながら、半円形の中の座標に点を打って線で結ぶ。鏡にうつった格子と、②でかいた格子が同じ形になるようにしよう。

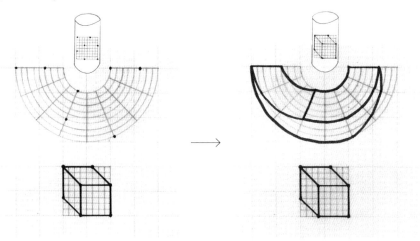

⑤ 面を色分けしてぬる

まずは②でかいた立方体の三面を
それぞれ色分けしてぬろう。
鏡にうつる立方体も同じ色分けに
なるように、半円形のほうにも
色をぬろう。

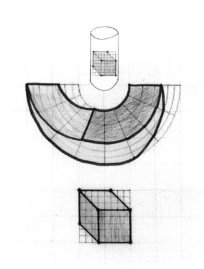

付録の鏡シートを円筒形にして、
ここに置いてたしかめてみよう!

ぼくはできあがった絵を、イヌともオオカミともつかない化け物のほうへそっとおしやった。それから、ひょっとしたらおそわれるかもしれないと思い、あたふたと木かげにかくれた。ぼくの気配に、化け物はほんの一瞬だけ攻撃のかまえを見せたものの、すぐに立方体をかいた紙のほうに興味をしめした。そして、しっぽをブンブンふりながら、絵をいろんな角度からながめはじめた。ぼくたちは「いまだ！」と、そいつのわきをすりぬけた。

「ねえ、そろそろ鏡をわたしてよ！」
　しばらく歩いて、そろそろ安全かと思われたころ、キティがだしぬけに言った。
「どうしたの、急に？」
　とつぜん態度を変えるなんて、どこかおかしい。
「別にどうってわけじゃないけど……、あたしが持っていてもいいでしょ。そのほうが安全だろうし」
「ここまでぶじだったのに？　だいじょうぶだよ、ぼくが持ってるから」
「あなたが持ってるより、あたしのこの毛で、ちょっとでも鏡をおおったほうがいいんじゃない？　ほら、ここの胸のあたりに」
　キティが、フサフサした胸元の毛を見せながら言った。言われてみれば、そうかもしれない。ぼくはしばらく考えてから、鏡を

キティにわたした。でも、不安は消えなかった。キティが信じら
れないというより、おじいちゃんの物を自分で持っていたいとい
う気持ちが強かったのだ。
「やっぱり、ぼくが持ってたほうがいいと思う」
　ぼくは鏡を返してもらおうと腕をのばした。ところが、キティ
はさっと身をかわした。
「ダメよ！」
　キティがそう言って身をかわした瞬間、ぼくの手が、キティの
首元の丸い何かに触れた。毛の合間から何かがのぞき、首元でゆ
れるのが見えた。
「あれ、それは？」

チリリン…

キティは明らかにあわてていた。そこにはたしかに、鈴がついていた。この目と耳で、まちがいなく鈴だとわかった。それにもかかわらず、ぼくは自分の見たものが信じられなかった。

「怪物め！　今度こそつかまえてやるからね！」

　ぼうっと立っていたぼくの耳に、どこからか怒鳴り声が聞こえてきた。現れたのは、音の鏡の前にいたおばあさんだった。

「おばあさん！」

　なぜか、おばあさんを見たとたん、涙がこぼれそうになった。

「きさまをつかまえるためにしこんでおいたのに、あのイヌオオカミの目を、まんまとごまかしたもんだね」

　おばあさんは、キティの行く手をふさぎながら言った。ぼくはまたもやおどろいていた。いったい、キティは何者なんだ？

「ジン！　あなたはあたしの味方よね、そうでしょ？　じゃないとこまるの。おじいちゃんを助けるんだから」

　キティがぼくに向かってさけんだ。

「もちろんだよ。でも、キティ、きみはいったい……？」

「おじいちゃんに鏡を返してはダメなの、絶対に！」

　どういうことだ？　ぼくは一瞬、自分の耳をうたがった。

「ジン、そいつから鏡をうばいなさい！」

　今度はおばあさんがさけんだ。

「どういうこと？　何がなんだかわからないよ」

ぼくはなきそうになって言った。

「毛でうまいこと鈴をかくしたもんだね。そのせいで、音の鏡の前でやり合ったあと、見つけるのに手こずっちまった」

「キティが鈴をつけてるなんて、夢にも思わなかったよ」

　おばあさんが追っていた怪物が、いまのいままでぼくと力を合わせてきたキティだったとは。自分が、鏡の世界を破壊する怪物の手助けをしていたなんて。ぜんぶうそだと思いたかった。

「ぼうや、魔法使いのじいさんが、こいつに鈴をつけたって話を忘れたわけじゃないだろう？　だまされちゃいけないよ」

　おばあさんは息を切らしながらも、ぼくに一生けんめいなりゆきを説明しようとしていた。ぼくは、ようやくわれに返った。そして、キティの目をじっと見つめた。

「ここまでぼくを手伝ってくれたのは、おじいちゃんの鏡をうばうためだったの？」

　裏切られた気分だった。キティは鏡を手に入れるために、ぼくを利用したんだろうか？　いいわけがあるなら聞かせてほしい。でも、キティのほうは、どうやってこの場から逃げるかしか考えていないようだった。

「何か言ってよ。ぼくを手伝ってたのは、ぜんぶお芝居だったの？鏡の世界をこわそうとするなんて……。キティはぼくの友だちじゃなかったの？　おじいちゃんの友だちじゃなかったの!?」

「ジン、あたしはおじいちゃんを守ろうとしてるのよ」

　キティはぼくを見つめて言った。

「どういうこと？　おじいちゃんは鏡を取りもどしてくれって言ったんだ。また鏡の世界へ来たいって」

「次に鏡の世界に来たら、おじいちゃんはもう二度と元の世界にもどれなくなる。それはわかってる？」

「何のこと？」

「ぼうや！　いいから、そいつから鏡をうばい返すんだよ！」

　おばあさんが声をはり上げ、キティに飛びかかって、しっぽをむんずとつかんだ。おばあさんとキティは、上になったり下になったりしながら地面を転げまわった。何が起きているのやらさっぱ

りだったけれど、ぼくもその中に飛びこんだ。ふたりが何と言おうと、自分で鏡を持っていたほうが安全だと思ったからだ。おばあさんがキティのしっぽをひざでおさえ、両手でキティの前足をおさえつけた。そのすきに、ぼくはすばやく鏡をうばい返し、さっと後ろへ下がった。

「早くお行き！」

　おばあさんがうながした。でも、ぼくはキティの説明を聞きたかった。おじいちゃんとキティがこれまで共にしてきた日々を思うと、そこには何かしら理由があるはずだった。それとも、自分がキティにだまされたなんて信じたくなかったのかもしれない。

「おじいちゃんがもどれなくなるって、どういうことなの？」

「言ったとおりよ」

「そんな。おじいちゃんはこれまでも、鏡の世界を行き来してたんじゃないの？」

「何度か来ているうちに、二度ともどれなくなる。鏡の世界に慣れてしまうと、もう元の世界にはもどれなくなるのよ。だからあたしは、その鏡をわたしたくないの」

「そんなの、信じられないよ」

「わからない？　じゃあ、ここで会った人たちはどうして元の世界にもどらないんだと思う？　もどらないんじゃなくて、もどれないのよ」

　キティがじりじりしながらぼくを見た。

「でも、キティはしょっちゅう行ったり来たりしてるんでしょ？それはどうして？」

「ネコは九つの命を持つっていうでしょ。だから平気なの」

　ぼくが拍子ぬけしているあいだに、キティはおばあさんの手からのがれて、ぼくの行く手をふさいだ。

「そいつの口車にのせられちゃいけないよ。魔法使いのじいさんに言われたことだけ守ればいい。鏡の世界には、魔法使いのじいさんが必要なんだから」

　おばあさんが言った。いまだに整理がつかなかったけれど、キティに鏡をわたすわけにはいかなかった。

「そう、ぼくはおじいちゃんのおつかいでここに来た。おじいちゃんのたのみを聞いてあげるってちかったんだ。何がなんだかわからないけど、ひとまずおじいちゃんに会って話してみるよ。ごめん、キティ」

　次の瞬間、おばあさんがまたもやキティをひっつかまえて、取っ組み合いを始めた。さすが、鏡の世界を守っているおばあさんだけあって、見かけからは想像できないほどのパワーだ。

「早くお行き！　こいつもなかなかやるよ。長くはもたないかもしれない。さあ！」

　おばあさんがせかした。ぼくはおばあさんがキティを引きとめているすきに、急いでその場をはなれた。

　一目散に走って、建物の中に飛びこんだ。そこには、暗くて長い通路があった。音の鏡のおばあさんに会う前に通ってきた「はてしなく続く通路」だと、すぐにわかった。おじいちゃんの書斎を出て、ろうかの鏡の中に見つけた、あの通路。

　自分が通ってきた道を、今度は逆にたどりはじめた。家へ帰るのだ。ぼくは後ろをふり返ることなく、ひたすら走った。何も考えなかった。ただ、おじいちゃんに鏡を届けなければという一心だった。この通路をぬければ、ぼくの住む世界だ。ようやく、鏡の世界から自分の家に帰れる。通路の先にかすかに見えていた光が、だんだん大きくなってくるのがわかった。

おじいちゃんの鏡

バタン！

　暗い通路をぬけて、おじいちゃんの書斎の前にあるろうかにたどり着いたそのとき、ぼくは、鏡の世界とこちらの世界の境界でつまずいて転んでしまった。ひざと手がじんじんした。そして次の瞬間、ハッと自分の手を見た。転んだ拍子に、鏡を手放してしまったことに気づいたからだ。鏡はゆかにひっくり返っていた。そっと持ち上げてたしかめると、鏡は……われていた。

　ぼくは地面にうつぶせたまま、われた鏡をじっと見つめた。さっきまでのすべてが、夢の中のことのようだった。

「ジン！　だいじょうぶ？　しっかりしなさい」

お母さんがおどろいた顔で、ぼくをだき起こそうとした。ぼく
が転んだ音を聞いて、かけつけたみたいだった。ぼくはだまって
起き上がり、われた鏡の破片を拾いはじめた。ふいに涙があふれ
てきて、止まらなくなった。

「何？　ケガでもしたの？」

　お母さんが、ぼくの腕をつかもうとした。それでもぼくは、意
地になって破片をひとつひとつ拾い集めた。

「ちょっと、ジン！　どこに行くのよ!?」

　お母さんの声を背に、ぼくはまっしぐらに家を出た。

われた鏡を元どおりにするには、どこへ行けばいいだろう？いくら考えても、これといった答えは思いつかなかった。目の前に、ごみステーションが見えた。ひとまず、スクラップ工場に行ってみることにした。ぼくたちが分類（ぶんるい）して捨（す）てたごみは、スクラップ工場で引き取ることもあると聞いていたから。そこに行けば、鏡を直せるかもしれないと。

「すみません、ここで、鏡をくっつけてもらえますか？」

　ぼくは近所のスクラップ工場に入って、店のおばさんに聞いた。店内には鉄くずやガラスびんなどが山づみになっていた。

「われた鏡をくっつける？　どうかしら、うちじゃ、むずかしいわね」

　店のおばさんは、首をふって続（つづ）けた。

「うちは、鉄や紙みたいなものしか引き取ってないの。リサイクルショップとはちがうから。それに、鏡をくっつけるのはリサイクルショップでもむりじゃないかしらねえ」

　ぼくはこまってしまった。

「じゃあ、どこに持っていけばくっつけてもらえますか？」

「さあねえ……。そうだ、この近くにびんを作る工場があるから、そこへ行ってみたらどう？」

　おばさんは、山づみになったびんのほうを見ながら言った。

「びん？　びんはガラスじゃ……？」

「ええ、ガラスよ。鏡もガラスでできているでしょう？」

　そう。鏡はガラスでできている。そのことにいまさら気づいた。それなら、ガラスをとかしてくっつければ、鏡は元どおりになるんじゃないか？　ぼくは大急ぎで、びん工場へ向かった。

「ぼうや、鏡は作り直せないんだよ」

「え？　そんな、どうして？」

　びん工場のおじさんの言葉に、その場でへたりこみそうになった。目の前でびんや鏡がどんどん作られているというのに、おじいちゃんの鏡は直せないなんて。

「鏡の裏にはコーティング剤や塗料がぬってあるんだ。コーティング剤だけ別に取り出せればいいんだが、むずかしくてね。ガラスといっしょにとけちゃうんだよ。そうなると、ガラスがとうめいにならないんだ」

　そう聞いたとたん、こらえにこらえていたものが、一気にあふれてしまった。

「じゃあ、ぼくはどうしたらいいの？　うちのおじいちゃんは？　ねえ、おじさん」

　わんわんなき出したぼくを見て、おじさんはあわてふためいた。やさしそうなおじさんはしばらく悩んでいたかと思うと、なんとかやってみようと言った。

鏡の裏面をできるだけきれいにはがし、破片を小さな容器に集めた。鏡の裏面をはがすのは大変だった。おじさんは念入りに作業しているようだったけれど、どこまできれいに仕上がるかはだれにもわからなかった。

　おじさんは次に、ガラスの破片が入った容器を、ゴウゴウもえる炎の中に入れた。破片は赤くなってとけ、液体になった。おじさんはその液体を、小さな丸い形に整えた。あとはこれを冷ましてから、反射するコーティング剤をぬればよかった。

鏡のことなら
ドンとこいだ。

173

「おじさん、これ、元の鏡と同じ鏡になってくれるかな？」

　ぼくはハラハラしながら聞いた。

「さあて、ベストはつくしたが、元のと完全にいっしょってわけにはいかないだろうな。不純物がゼロってことはないから」

　おじさんは、すまなそうに言った。

「不純物？」

「ああ、コーティング剤や塗料をかんぺきに取りのぞくことはできない。とうめいに仕上がってくれるだけで上出来ってとこだ」

　ぼくはくちびるをかんだ。ひとまずは、鏡ができあがるのを待つしかない。

　鏡の熱がだんだん冷めてきた。おじさんはそこに、コーティング剤をぬってくれた。長い時間をかけて完成した鏡は、われる前の鏡に引けを取らない仕上がりだった。

　でも、ぼくは知っていた。これはさっきまでの、元どおりの鏡じゃないことを。もう二度と、鏡の世界へのひみつの通路にはなってくれないことを。おじいちゃんはもう、鏡の世界へ行けないんだろうか？

　ぼくは鏡を手に、おじいちゃんのいる老人ホームをたずねた。でも、入れたのは受付のところまでだった。受付の人に鏡をあずけて、重たい足取りで家に帰った。外はもう暗かった。お母さんはぼくが帰ったのをたしかめ、晩ごはんのあいだもずっとぼくの様子をうかがっていたけれど、何を聞いてくるでもなかった。

ぼくもだまりこくっていた。悲しすぎた。何もかもぼくのせい
だ。食欲もなく、さっさとおふろをすませてベッドに入った。横
になってからも、なかなかねつけないでいた。

プルルルルル、プルルルルル。

　こんな夜中にだれだろう？　夢うつつに、どこからか電話のベ
ルが聞こえてきた。いつの間にかねむっていたらしい。ぼくはモ
ソモソと起き出して電話に出た。

もしもし。

おじいちゃん？

おじいちゃん　ふむふむ。で、八つめっていうのは、右の鏡の八つめかな、
　　　　　　それとも、左の鏡の八つめかな？

ジン　　　　え？

おじいちゃん　ろうかには、右と左の両側に鏡があるだろう？

ジン　　　　うん、そうだね。

おじいちゃん　反射し合う鏡の八つめの鏡の中に入ったんだろう？　それ
　　　　　　は右側の鏡かな、左側の鏡かな？

ジン　　　　ええと……右だったかな。いや……左だったかも。

おじいちゃん　そらみろ。八つめなんてのは何の意味もないのさ。

ジン　　　　おじいちゃんのヒントを参考にしたんだよ。ヒントには、

　　　　　　右か左かなんてなかったから、どっちでもいいと思ったん

　　　　　　じゃないかな。道はどこかでつながってるものだし。

おじいちゃん　あのメモは、ひみつでもなければ、なぞでもない。

　　　　　　わしがひまつぶしに書いただけのものさ。

ジン　えぇ？

おじいちゃん　鏡の世界へ行く暗号なんかじゃなかったってことだ。

ジン　じゃあ、どうしてぼくは鏡の世界へ行けたの？

おじいちゃん　わからないか？　おまえは、自分が入っていったのが、右側の鏡か左側の鏡かも覚えてないだろう？　そんなもの、最初からどうでもよかったのさ。

ジン　おじいちゃん、それってどういう……。

おじいちゃん　いいか、おまえは鏡の世界へ行けると信じた。だから行けたのさ。鏡の世界への通路はどこにでもあったんだ。行けるはずがないと思ったり、行こうとしないから行けなかっただけで。でも、行けると信じて足をふみ出せば、いつでも行けたんだよ。

ジン　そんなことって……？

おじいちゃん　これでわしも、鏡の世界へ行けることがわかった。今夜、出発するよ。

ジン　今夜？

おじいちゃん　ああ。おまえにあいさつをしてからと思ってな。ジン、ありがとう。鏡の世界へ行けるようになったのは、おまえのおかげだ。

ジン　そうだ、おじいちゃん！　キティが言ってたんだけど……。

おじいちゃん　キティのやつめ、すがたをくらましおって。出てきたらこ

らしめてやらないと。

ジン　キティが言ってたんだ。おじいちゃんは今度鏡の世界へ
　　　行ったら、二度ともどってこられないって……。

おじいちゃん　いい子だな、ジン。いい旅になることをいのっておくれ。

ジン　おじいちゃん！　おじいちゃん！

おじいちゃん　心配いらないさ。わしに会いたくなったら鏡をのぞくとい
　　　い。そこに、鏡の世界にいるわしが見えるはずだ。ジン、
　　　わしはいつでもおまえのそばにいるぞ。さあ出発だ！

　電話が切れてからも、ぼくはしばらくぼんやりと立ちつくして
いた。いったい、何がどうなっているんだろう。パズルのとき方
をまちがえたんだろうか？　でも、ぼくはたしかに、鏡の世界へ
の通路を見つけた。

"向こうへ行く通り道があることにするの。ガラスがもやみたい
にやわらかくなって、通り抜けられるつもりになればいいのよ。
あら、ほんとうにもやみたいになってきたわ！　これなら、かん
たんに通り抜けられそう ── 。"

　おじいちゃんに何度も読んでもらった『鏡の国のアリス』が、
また思いうかんだ。

　鏡のような水面にうつる自分のすがたばかり見つめていたナル
キッソスのように、ある人はそこに、自分のすがたしか見ない。

　鏡を見ながら白雪姫を思いうかべる女王のように、ある人は鏡の中の自分を見ながら、ほかの人の顔ばかり思いうかべている。

鏡はこの世界をありのままにうつし出すけれど、人はけっきょく、自分が見たいものだけを見る。ああ、自分でも何が言いたいのかよくわからない。でも、前におじいちゃんが、鏡についての本を読みながらこう言ってたっけ。

　『そのとおり。鏡は自分をうつしてくれるものだけれど、見る人が頭の中で何を思いえがくかによっても変わるんだ。鏡ってのはふしぎなもので、こちらが信じるとおりにうつし出す。でもな、わしらは、鏡が見せるとおりに信じるんだ』

ぼくは、ふとんを頭までひっかぶった。キティの言葉が思いうかんだ。でもぼくは、おじいちゃんを信じることにした。冒険はおじいちゃんが心から望んでいたことだし、それはいま始まったばかりなのだ。おじいちゃんが冒険しているすがたを想像するとワクワクした。やがて、ねむりがぼくをつつんだ。深い深い、あまいねむりに落ちていた気がする。夢を見る間も、いびきをかく間も、よだれをたらす間もないほどの深いねむりに。

　ぐっすりねむって目覚めると、青い空とそよ風、さわやかな草のかおりがただよう、美しい朝が来ていた。

　ベッドから出たぼくは、何があったのかをお母さんに話したいと思った。はたして、鏡の世界の存在を信じてもらえるだろうか？お母さんは、ぼくの話を聞くひまなどなさそうだ。でもだいじょうぶ、お母さんもそのうち知ることになるはずだ。

　鏡の向こうにはワクワクするような世界が待っていて、おじい
ちゃんは冒険に出かけたんだってことを。

胸が高鳴る。おじいちゃんの冒険が始まったのだ。

ドキドキワクワクするような、鏡の世界の冒険が！

作

キム・チェリン

芸術と哲学、歴史と科学を熱心に学びながら、本の執筆や講演活動をしている。2003年『中央日報』にて短編小説「あいまいさについて」で作家デビュー。著書に『三つ目の世界：わたしたちが知らなかった絵のなかの時代と歴史』、共著に『最小限の西洋古典』『哲学の話』など、絵本に『ふうせんはどこへ行った』『弱虫』がある。その他、大韓帝国初代皇帝・高宗の徳寿宮外交再現行事である「外国公使接見礼」、音楽劇「怪物」「紅い花」などを手がける。

絵

イ・ソヨン

韓国とフランスを拠点に絵本作家として活動。絵本『影の向こう』で2014年ボローニャ国際児童図書展〈今年のイラストレーター〉に選定。絵本『青い子どもイアン』が2018年国際児童図書評議会の〈バリアフリー児童図書〉韓国候補作に、『えんとつおばけ』が2019年ブラティスラヴァ世界絵本原画展の韓国出品作に選ばれる。2021年には『夏』が国際推薦児童図書目録「ホワイト・レイブンズ」に選定。その他の作品に『風』『大丈夫、わたしのおばけ』など多数。身近な暮らしのなかで湧き上がる気持ちと関係、アイデンティティなどをテーマに作品づくりをしている。

訳

カン・バンファ

日韓文芸翻訳家。岡山県生まれ、在日韓国人3世。ソウル在住。大学卒業後に渡韓。和訳にペク・スリン『惨憺たる光』、ピョン・ヘヨン『ホール』、チョ・ウリ『私の彼女と女友達』、ルリ『長い長い夜』、キム・チョヨプ『地球の果ての温室で』、チョン・ソンラン『千個の青』など多数。韓訳に古田足日『ロボット・カミイ』をはじめとする児童書のほか、柳美里『JR上野駅公園口』、三島由紀夫『文章読本』『小説読本』(共訳)がある。

p36　ジョン・ウィリアム・ウォーターハウス、「エコーとナルキッソス」一部、1903年、カンバスに油彩、109.2×189.2㎝、ウォーカー・アート・ギャラリー、イギリス・リヴァプール

p39　フランツ・ユットナー　絵、グリム兄弟　文、『白雪姫』挿画、ショルツの芸術家による絵本シリーズ6巻、ショルツ出版社、1905年、ドイツ・マインツ（出典：ブラウンシュヴァイク大学図書館）

p43　ジョン・テニエル　絵、「ジャバウォック」、ルイス・キャロル、『鏡の国のアリス』挿画、マクミラン出版社、1871年、イギリス

p43、61、181　脇明子訳、岩波少年文庫048『鏡の国のアリス』、岩波書店、2023年第15刷、日本

p93　アン・チョルヒョン、『トンネル 4』、2011年、コンクリート・照明・鏡など、20×40×40inches

p154　ハンス・ホルバイン『大使たち』、1533年、オークに油彩、207×209.5㎝、ナショナル・ギャラリー、イギリス・ロンドン

ふしぎな鏡をさがせ

2024年7月16日　初版第1刷発行

作　　キム・チェリン

絵　　イ・ソヨン

訳　　カン・バンファ

発行人　野村敦司

発行所　株式会社　小学館
　　　　〒101-8001　東京都千代田区一ツ橋2-3-1
　　　　電話　編集03-3230-5625 ／ 販売03-5281-3555

印刷所　TOPPAN株式会社

製本所　株式会社若林製本工場

Japanese text　©Kang Banghwa
Printed in Japan　ISBN978-4-09-290672-3

装丁　bookwall

制作／友原健太、資材／斉藤陽子、販売／飯田彩音、宣伝／鈴木里彩
編集／田中明子